光文社文庫

長編推理小説

やり過ごした殺人

新装版

赤川次郎

光 文 社

やり過ごした殺人　新装版　目次

見慣《みな》れた顔

〈座ってごらんになれます〉

という立て札のある映画館に、指定席券を出して入るというのも、何だか気恥ずかしいもんだ、と早川克巳《はやかわかつみ》は思った。

「次の回ですね」

と、券を切りながら、女の子が言った。「お二階のロビーでお待ちください。あと十五分ほどで終わります」

「ありがとう」

克巳は、相手が仕事として過不足のない愛想の良さで応対してくれたのが、ありがたかった。

ガラ空きなのに、指定席なんか買ってと、小馬鹿にしたように眺められるのではと気になっていたのである。

売店の女の子も退屈そうに欠伸《あくび》をかみ殺していた。克巳は、同情して——というわけでもなかったが——ポップコーンを一袋買うと、階段を上って行った。

入りの悪い映画館のロビー、か。また変わった所で待ち合わせたものだ、と克巳は思った。もちろん克巳にとっては仕事である。どこにだって出向いては行くが……。

前の回の終映まで十五分もある、というのがみそだった。あまり終わり間近になると、案内嬢がやって来て入口扉のわきに立つことになるからだ。

今は、まだロビーも空だった。克巳は少し奥の方のソファに腰をおろして、相手の来るのを待った。

ポップコーンの袋を破って、少しつまむ。——映画の方は、そろそろクライマックスらしく、ヒュー、ドーン、という爆発の音、ダダダ、という機関銃の音などが、重い扉から洩れて聞こえていた。

何やらアクション物だったたな。——大体、あまり映画など見ないので、入口の看板も見て来なかった。

早川克巳は三十八歳になる。見たところはエリートビジネスマンというスタイル。上等ながら地味なスーツ、ネクタイ、靴、とよくバランスが取れている。

がっしりした体つき、陽焼けした、ややいかつい感じの顔は、スポーツマン風でもあるが、細い目には、どこか透《す》き通った冷たさがあった。

ちょっと腕時計を見る。——あと十二分。本当にやって来るだろうか？

話だけ通しても、いざとなると気が変わる依頼主は珍しくない。いちいちそれに腹を立ててはいられないのである。

五分前まで待って現われなければ、位置を変えよう、と思った。映画を見てから帰った方がいいだろうか？

それ以上、迷うこともなかった。誰かが、せかせかした足取りで、階段を上って来たのである。

ごく当たり前の感じで、克巳はその男の方へ目をやった。

意外なタイプである。まだ三十代だろうが、頭は大分禿《は》げ上がっていて、くすんだ印象の男だった。

紺の背広、安物のネクタイ。靴も、ろくに磨かないのだろう、すっかり泥が乾いて、こびりついてしまっている。

その男は、おどおどした様子で、周囲へ目をやりながら、克巳の方へやって来た。そして、探るような目つきで、ひどく度の強いメガネの奥から、克巳を見つめた。

克巳は、ため息をついた。こいつは、どう見ても素人だ。

「かけなさい」

と、男の方を見ずに、「そんなにキョロキョロするもんじゃない」

「ああ。す、すみません」

男は口ごもって、克巳の隣りに腰をおろした。

「もう少し離れて。たまたま一緒に座ったという様子で」

「は、はい！」

男はあわてて、ピョンと、ソファの反対の端へ行ってしまった。克巳は苦笑して、

「それじゃ話が聞こえないでしょう。もう少しこっちへ。――そう。そんなものでいい」

男は、額の汗を拭っている。よほど緊張しているようだ。

もちろん、「人殺し」の依頼をするのだから、慣れない身としては緊張して当たり前だが。――克巳は、男が目印に、と持っている科学雑誌に目をやった。

書店で売っている雑誌ではない。会員に頒布《はんぷ》する特殊な本である。どうやら、この男、科学者だな、と克巳は思った。

いかにも研究一筋というタイプである。

しかし、「殺人」を職業にしている――つまり、世間的尺度で見れば、およそまともとはいえない相手と会うのに、自分の仕事がもろに分かってしまうような雑誌を目印に持っ

て来るというのも、変わっている。

どうも、こいつは断わった方が良さそうだな、と克巳は思った。

「では――」

と、克巳は、男の方を見ないで、言った。

「話をうかがいましょう。早くしないと、映画が終わってしまう」

「そうですね。ええ」

男は肯《うなず》いて、「実はその――私は――」

「あなたのことは聞かなくていいんです。私が殺す相手さえ言ってくれれば」

と克巳は遮《さえぎ》った。「間に立った者が、説明しませんでしたか？」

「ああ。そうでした。――すみません、ついカーッとなっていて」

「お話をうかがってからでないと、引き受けるかどうか、ご返事できません。お断わりする場合は、もうここで別れて、それきり、知らない者同士ということです」

「なるほど」

と男は肯いた。「では――これ、なんですが」

男が封筒を取り出した。克巳がそれを受け取ると、ちょうど階段を上って来る、案内嬢の姿が目に入った。

克巳は内ポケットへその封筒を入れて、

「今は見られませんね」

と、低い声で言った。「間に立った者を通して、後でご返事しますよ。この封筒と中身は、焼却します。信用してください」

「分かりました……」

男は、むしろホッとした様子で、「何とぞよろしく……」

と頭を下げた。

男が行ってしまうと、克巳は立ち上がって、通路の隅の公衆電話の方へ歩いて行った。

——時間はもう夕方の四時。いくら何でも起きているだろう。

——呼出し音が五回ほど鳴って、やっと向こうが出た。

「誰だ？」

と、不機嫌そうな声を出す。

「まだ寝てるのか」

と、克巳は言った。

「やあ、あんたか」

向こうも、やっと目が覚めたようで、「——そうか。今日だったな」

「おい、何だ、あいつは？　俺の所へ変なものを回して来るなよ」

「いや、すまん。分かっちゃいたんだがね」

「俺は、あんな素人の仕事なんか引き受けない。知ってるだろう」

「うん……。ただ、容易な仕事じゃないんで他に頼める奴が見当たらなかったんだよ」

「まだ仕事の中身は見てないが……。よほど難しいのか？」

「警官なんだ」

克巳は、ちょっと間を置いて、

「そいつは無理だ」

と言った。「引き受ける奴はいないよ」

「あんたがだめなら、誰だって無理だろうな」

「しかし――」

克巳は、少しためらってから、「あいつが警官にどんな恨みがあるんだろう？　およそ、そんなタイプじゃないぜ」

と言った。

本来、依頼人の事情までは関知しないのが克巳の主義である。殺す相手さえ分かっていればいいのだ。しかし、今度ばかりは、あまりに風変わりな、取り合わせだった。

電話の向こうで、フフ、と笑うのが聞こえた。

「何がおかしいんだ？」

と克巳は訊《き》いた。

「ああ。いや、あんたのことじゃないよ。あの男のことを思い出して、ついおかしくてね」

「というと？」

「女房を寝取られたのさ、警官に」

「それで——？」

「泣いて訴えるんだぜ、俺に。そんなこと、こっちは訊きもしないのにさ。情けない奴だよ」

「なるほど」

「女房の後をつけ回して、相手の男をやっと突き止めたら刑事だった、ってわけだ。殺すほどのこともないと思うんだが、よほど悔しかったんだろうな」

「ふーん」

克巳は苦笑いして、「ま、そういうケンカにゃ口を出さないのが利口ってもんだろうな」

「断わっとこうか？」

克巳は、ちょっと考えてから、

「いや、待っててくれ。また改めて連絡するから」

と答えて、電話を切った。

――どうせ時間はある。

克巳は、映画を見て行くことにした。指定席はガラガラで、二、三人しか客の姿はない。

――一般席も空いているのだから当たり前だろう。

ポップコーンをつまみながら、映画が始まるのを待った。――場内が暗くなり、ＣＭの上映が始まると、克巳は、さっきの封筒を取り出し、中のメモを広げた。

ペンライトで照らして見る。――克巳の顔に、ちょっとびっくりしたような表情が浮かんだ……。

予告編も終わらない内に、ロビーへ出て来た克巳を、案内嬢が不思議そうに眺めて、

「あの――お帰りですか？」

と、声をかけて来る。

「うん。どうも好みに合わないんだ」

と、克巳は言った。「ディズニー映画以外は刺激が強過ぎてね」

案内嬢が、キョトンとした顔で、階段を下りて行く克巳を見送っていた……。

「ただいま」

玄関を入って、早川圭介《けいすけ》は、声をかけた。「おい、帰ったよ。――岐子《みちこ》」

「お帰りなさい」

と、妻の岐子が飛んで――は来なかった。

飛んで来たくても、妊娠七カ月のお腹をかかえていたのでは、ドタドタ駆けるわけにはいかないのである。

「早かったのね」

岐子は料理の途中らしく、両手を真っ白にしていた。

「うん、依頼人との打ち合わせが割合に早く済んでね」

圭介は、弁護士事務所に勤めている。もちろん、まだ一人前の弁護士というにはほど遠い。

「何だキスしてくれないのか？」

「だって――」

と、圭介は言った。

「だって、も何もないよ」

圭介は岐子にチュッとキスした。

「よう、帰ったな」

リビングから、兄の克巳がヒョイと顔を出す。岐子が赤くなって、

「だから、いやだって言ったのに！」

と言うと、台所へと急いで行ってしまった。

「兄さん、来てたの。珍しいじゃないか」

と、圭介はあわてて咳払いしてから言った。

「幸福な夫婦ってのも、たまに眺めるにゃいいもんだ。年中じゃ飽きちまうけどな」

克巳は笑いながら言った。「――順調なのか、彼女？」

「うん。もうお腹の中で元気に暴れてるらしいよ」

圭介は、書類鞄をソファに置くと、ネクタイを外して、ソファに座った。「――ああ、くたびれた！」

「お前、少し太ったんじゃないか？」

と、克巳が圭介を見て言った。「お腹が出て来たようだぞ」

「そりゃ、岐子の手料理が最高だからね」

と、圭介がニヤニヤしている。

「勝手にのろけてろ」

克巳は苦笑した。

「母さん、変わりない？　ここんとこひと月ばかり会ってないんだ」

「忙しそうだ。先週も東南アジアへ行って来たらしい」

「ふーん」

――早川家は、母親の香代子《かよこ》がいわば大黒柱で、長男の克巳、次男の圭介、長女の美香《みか》、三男で末っ子の正実《まさみ》の四人兄妹である。

圭介は岐子と結婚して、このマンションに暮らしている。他に、美香もここ半年ほど、ワンルームの都心のマンションに暮らすようになっていた。

従って、克巳と正実の男二人が、早川家のマンションに母親と残っているわけである。

「兄さんも、嫁さんをもらえばいいんだよ」

圭介は、上衣を脱ぎながら言った。「不便じゃないのかい、母さんがいないときなんか」

「あら、それじゃ――」

と、紅茶の盆を手に岐子が入って来て、「まるで料理やらお掃除やらのために結婚するみたいじゃないの。そんなの、女の人に失礼よ」

「同感だ」

と、克巳は言った。「――やあ、ありがとう」

「お食事、なさっていってくださいね」

「突然で、構わないのかい？」

「ええ、何しろ私、食欲が凄《すご》いから、余分に一杯作るんですもの」

と、岐子は笑った。

「じゃ、ごちそうになろう」

「すぐ用意します」

岐子がダイニングキッチンへ姿を消すと、克巳は圭介の方へ向いて、

「おい、圭介」

「何だい？」

「最近、正実の奴と会うか？」

「会うって……。まあ、時々ね。兄さんは毎日一緒にいるんじゃないか」

「俺はだめなんだ。昼まで寝てて、夜中に戻るって商売だからな。一緒にいるったって、まず顔を合わすことがない」

末っ子の正実は、殺し屋である兄克巳とは正反対の職業――つまり刑事だった。

「正実がどうかしたの？」

と、圭介は訊いた。

「いや……」

克巳は、ちょっとためらってから、「あいつに恋人ができたって話を聞いたことないか」

「正実に？――知らないな」

圭介は面食《めんく》らって、「本当なの？」

「知らないから訊きに来たんだ」

「僕も知らないよ。――でも、正実に恋人ができたら、すぐ分かるんじゃないの？」

「俺もそう思う」

何しろ、思っていることがすぐ顔に出る、単純な性格の正実である。恋をしたら、「恋愛中」のプラカードでもかついでいるような顔になるに違いない。

しかし――。克巳は、上衣の上からそっとあの封筒を押えた。

例の科学者らしい男の女房の恋人――克巳が殺してくれと頼まれた、当の目標が、弟の正実だったのである。

懐《なつ》かしい声

いくら気が気じゃないといっても、四六時中、家族に――それも、母親と兄と妹の三人にくっついているわけにはいかない。

突然こんなことを言っても分からないだろうが、圭介としては、早川家の平和を守るという仕事が、本来の任務に優先していたのである。

岐子という恋女房ができるまでは、だ……。

しかも、今や、圭介も父親となる日が間近である。そうなったら、当分は子供と妻とに時間を取られて、早川家の他の家族のことを心配している余裕はほとんどなくなるだろう。

「全くね……。人の気も知らないで、だ」

タクシーを降りた圭介は、そう呟《つぶや》いていた。――ここしばらく、みんなおとなしくしていると思ったのに。

「――あら、お兄さんじゃない」

声をかけられて、圭介はびっくりした。

見知らぬレディが、いともエレガントな服装、足取りで、やって来る。いや——見知らぬレディじゃなかった。

「美香!」

「何をびっくりしてるのよ」

と、妹の早川美香は笑いながら言った。

「妹の顔を忘れたの? さては早くもボケて来たかな?」

「お前、その格好——」

と、圭介は、目をパチクリさせて、「またずいぶん地味なスタイルじゃないか。四十ぐらいに見えるぞ」

「あら、そう?」

と美香は心外、という様子で、「四十五歳に見せたつもりだけど」

もちろん、美香は今年二十六歳の若さである。当たり前の格好をすれば、むしろ年齢より若く見られる。

「私の店に来たんでしょ? 入ったら?」

「うん。お前、仕事の帰りか」

「そうよ。一人暮らしのお年寄りなの。あんまり若いと信用してもらえないからね」

――〈インテリア・美香〉と書かれた金文字のガラス扉が、スッと開く。

「お帰りなさい、お嬢様《じようさま》」

受付のデスクで、河野恭子《こうのきようこ》が微笑《ほほえ》んだ。「あら、圭介さん。お珍しい」

「やあ」

圭介は、ちょっと河野恭子に目配せした。――といって、この二人、怪しい関係などではない。

圭介は独自に、この河野恭子に、ちょっとした仕事を頼んでいるのである。

「――また内装を変えたのか」

圭介は、モダンなデザインの椅子に腰をおろした。

「インテリア・デザイナーなのよ、私」

と、美香は微笑んだ。「そこのオフィスが年中同じインテリアじゃ、飽きられてしまうわ」

美香は老《ふ》けた感じにひっつめていた髪を肩におろして、軽く頭を振った。椅子にかけてタバコを取る。

「……岐子さん、どう？」

「うん。順調だ」

「子供部屋、決めたの?」

「一応、寝室の隣りにしようと思ってるんだ」

「そう。じゃ、ぜひ私にデザインさせて。タダよ」

「そこが気に入った」

「あら、腕の方は信じてないの?」

と美香は笑って圭介をにらんだ。

タバコを一本軽くふかして、灰皿へ押し潰すと、

「ちょっと待ってて。着替えて来るわ。これじゃ、窮屈で」

「ああ、いいよ」

「お兄さん、今日はお休み?」

「うん。そろそろ赤ん坊の物も買っとこうかと思ってね。この後、岐子とデパートへ行くんだ」

「まあすてき」

美香は立ち上がると、「私のときは岐子さんに教えてもらうわ」

と言って、奥へ入って行く。

「どうぞ」

河野恭子が、アイスティーを持って来て、圭介の前に置いた。

「ありがとう」

圭介は、グラスを取って、「――どうだいこのところ？」

と低い声で訊く。

「特に外出がふえたっていうことはありませんわ」

恭子も、低い声で答えた。「でも――」

「どうかした？」

「このところ、三日間ほど、同じ男の人から電話が入っているんです」

「誰だい？」

「分かりません。その度に、名前を変えているんですけど、でも同じ声です」

「なるほど。――いや、助かるよ」

と、圭介は微笑んだ。

アイスティーを飲みながら、圭介は美香が戻って来るのを待っていた。

――全く、河野恭子はよく気が付く。これだけよくやってくれれば、毎月、手当を払っても惜しくないというものだ。

美香は、表向き、インテリア・デザイナーで、もちろんその仕事もちゃんとこなしてはいる。

しかし、美香にはもう一つの顔があるのだ。

それは――詐欺師である。

圭介は、それを知っている。だから、河野恭子に頼んで、美香の行動に、不審なことがあったら、知らせてくれるように頼んであるのだった。

「――お待たせ」

ラフなスタイルで出て来た美香は、椅子にかけて足を組むと、「何か用なの、圭介兄さん？」

と訊いた。

「うん……。正実のことなんだ」

「正実がどうしたの？　間違って犯人じゃない人を捕まえたとか？」

「そんなことでいちいちお前に相談に来ないよ」

「それもそうね」

「正実、恋人がいるのか？」

「恋――人？」

これには、美香もびっくりしたらしい。「まさか！」

「じゃ、お前も知らないのか」

と、圭介はため息をついた。

「確かなの？」

「兄さんが言ったんだ」

「克巳兄さんが？」

「うん。——正実が、人妻と不倫の恋をしているらしいって」

美香は、危うく引っくり返りそうになった。

「そんな！——大体、あの頑固な道徳家が、そんなことを、するわけないじゃないの」

「俺もそうは思う。しかし……」

「克巳兄さん、どこで聞いたのかしら？」

「それは言えないと言ってた。しかし、そんな冗談を言うわけもないしな」

「そうね……」

美香は肯いた。「といって——正実に訊くわけにもいかないしね」

「大体がもてない奴なんだ。あいつに、恋人がいるのかと訊いて、本当にいりゃ、まだいいが……」

「もし間違いだったら――」

「あいつ、落ち込んで、二度と立ち直れないかもしれないからなあ……」

二人は、しばし黙り込んだ。

――実際、早川家の兄妹は至ってユニークなのである。

二人がじっと考え込んでいると、電話が鳴って、河野恭子が出る。

「――あ、少々お待ちください。――お嬢様」

「はい。どなたから？」

「お母様からです」

「まあ」

圭介はギクリとした。美香が電話に出て、

「お母さん。珍しいじゃないの」

と話しているのに、じっと耳を傾ける。

「――そう。――ええ、元気でやってるわよ。――うん、一度行くわ。今週中にね。――分かった。ここに今、圭介兄さん来てるのよ。代わる？――待って」

圭介は、立って行って、美香から受話器を受け取った。

「やあ、母さん」

「岐子さん、具合、どうなの？」

と、至って勢いのいい、早川香代子の声が飛び出して来る。

「元気だよ、とても」

「良かった！　早く孫の顔が見たいもんだね。よろしく言っとくれ」

「分かった。――母さん、今、日本に？」

「そうだよ。おととい東南アジアから戻ったところさ」

「何か掘出し物は？」

「そこそこだね。あんたもたまにゃ、店にお寄り」

「分かってるけど、忙しくてね」

「奥さん第一で行くんだよ、分かったね。私の方はいいから」

ちっとも良くない。――圭介は内心、そう文句をつけてやった。

東南アジアか。――怪しいもんだ。

きっと、盗品の密売ルートでも見に行ったんだろう……。

何しろ圭介の母、香代子は、宝石や美術品を狙う泥棒の首領なのだから！

早川香代子は、受話器を置いた。

銀座Sホテルのコーヒーハウス。

香代子の古美術の店は、このホテルの一階にある。

今は昼休みで、食事を終えた後、香代子は美香へと電話してみたのだった。

席に戻ると、店のマスターが、すぐにコーヒーを注ぎに来る。

「楽しいお電話で？」

と、マスターが訊いた。

「どうして？」

「ニコニコしてますよ」

「そうかしら」

と、香代子は笑った。「実はね——あと二カ月もすると、孫が生まれるのよ」

「それはおめでたいことで」

「ありがとう」

「ぜひお知らせください。ささやかながら、お祝いをさせていただきます」

もう、このマスターとも何年もの付き合いである。

大体、Sホテルの中では、香代子は有名人だった。背が低く、小太り、貫禄では誰にも負けない。

見かけ通りの温厚な人柄。それに、店といっても、暇なせいか、ホテルの従業員と世間話などしている時間の方がよほど長い。

それも、ホテルの支配人から、掃除のおばさんまで、誰とでも同じように接するから、至って人気があった。

若い子の人生相談から、定年間近組の将来設計まで、間口は広かった。

しかも、香代子は誰のことでも親身になって心配する。だから、彼女の忠告はたいてい感謝と共に受け容れられるのだった。

コーヒーハウスのレジの女の子が、急ぎ足でやって来た。

「早川さん。お店あてに電話がかかっているそうです」

「あら、そう」

「こっちへつなぎます？」

「じゃ、そうしてくれる？」

コーヒーを飲み干すと、香代子は、よっこらしょ、と立ち上がった。

「——悪いわね」

と、レジの電話を取る。

このレジの子も、香代子があれこれ進言したおかげで、恋人と結ばれることができたのである。

「もしもし、古美術協会の早川でございますが」

と、香代子は言った。

「——香代子さんか。懐かしいな」

香代子の頭の中の「記憶帳」が、猛烈なスピードでめくられる。この声、この声は、もしかして……。

「安東《あんどう》……さん？」

「そう！　さすがだ」

よく通る、張りのある声だ。

「まあ、何十年ぶりかしら！——今、どちらに？」

「鎌倉に住んでる。いや、ぜひあんたと会いたくてね。元気そうだ」

「何とかやってますよ」

と、香代子は、つい笑顔になる。「よくここが分かりましたね」

「業界じゃ、あんたの名は知れわたってるからね」

「恐れ入ります」

「もちろん、裏の業界のことだよ」

と、安東という男は言った。「まさか引退したわけじゃあるまい？」

「もう何年かはやるつもりですよ」

「それでこそ香代子さんだ」

「安東さん、ずっと——外国だったでしょ？」

「うん。といっても、三年前にもう戻っていたんだ」

外国、というのは、要するに刑務所のことだ。安東も、ベテランの泥棒の一人だったのである。

「まあ。知りませんで。もっと早くお会いしたかったわ」

「そう。こっちもだよ。しかし、色々とあってね……」

安東の声は、少し沈んだ。

「会って、話しましょうよ。——お住まい、どの辺り？」

ちゃんと話の筋を聞いていたレジの子がメモ用紙とペンを渡してくれた。香代子は手早くメモを取って、

「じゃ、明日でも。——いいんですよ、こっちの店は。いつも適当に休んでるから」

「そうかい。楽しみだね」

「お昼まで、ちょっと人と会わなきゃならないんで、それから——二時ごろにはそちら

へ」

「待ってるよ」

と、その声は言って、「——ときに、香代子さん」

「何です？」

「私はね、密告で捕まったんだよ」

「何ですって？」

「本当だ」

「まあ。——誰が？」

「そのことは、明日、ゆっくり話そう。声が聞けて良かった……」

——香代子は、店に戻った。

昼休みは閉めてあるが、開けたところで、大して客はない。

店の中で座り込んで、香代子はしばらくぼんやりと考えていた。

ふと気が付くと、店の前で立っている二人の男。

ヒョロリと背の高い男と、少々寸づまりの小太りの男。——凸凹コンビである。

香代子が手を振ると、二人は店の中へ入って来た。

「お帰りなさい、ボス」

と、ノッポの方が言った。

「ああ。いい旅だったよ」

香代子は二人の子分を見て、言った。「今日は仕事の話なんだけどね——」

密告者と殺人者

「一体どういうことなんだい？」

と、正実が不思議そうに言った。

「何がだ？」

早川克巳は、ステーキにナイフを入れながら、「俺がお前に晩飯をおごっちゃまずいのか？」

「いや、そんなことないよ。だけど――」

早川家の末っ子、正実は、よく言えば純情、悪く言えば単純な性格の持ち主だった。克巳のように、他人を信用しないことを基本にして生きている――殺し屋という職業柄、当たり前のことではあるが――人間とは正反対である。

およそ人を疑うことを知らないタイプで、かつ同情しやすい。

克巳は、未だに正実が刑事をクビにもならずにやっているのが、不思議でならなかった……。

「克巳兄さんのことだから、きっと何か話でもあるんじゃないかと思ってさ」

と、正実は、ちっとも遠慮などせずに、食べながら言った。

「こいつ。兄貴《あにき》を馬鹿にしてるな」

克巳は笑って言った。「しかし、まあ、当たらずといえども遠からずってところだ」

正実は、もちろん刑事の安月給で、こんな高そうなフランス料理の店に入ることはないから、かなり珍しげに、キョロキョロと白壁造りの店の中を見回していた。

「おい正実」

「ん？　何だい？」

「お前、恋人を連れて来たときも、そんな風にキョロキョロしてるのか？」

「恋人？」

正実は、ちょっと笑って、「幸い、僕にはそんなもの、いないんだ」

と言ってのけた。

「幸い、だって？」

克巳は、少々不安になって、「おい、お前、まさか……。男に興味があるんじゃないだろうな？」

「悪い冗談はやめてよ」

と、正実は顔をしかめた。「ただ、僕は今仕事に打ち込みたいんだ。そのためには、恋人をつくるのも、もっと先にのばそうと思ってるのさ」

「ふーん」

と、克巳は呆れたように、首を振った。

こういうことを、冗談でなく、本気で言うのが正実の正実たるところなのだ。

「ところで、兄さんの用って何なの？」

アッという間にステーキを平らげた正実は、ふうっと息をついて、言った。

「色気より食い気だな、お前は」

と、克巳が苦笑した。「話すまでもないかもしれないな」

「何のこと？」

「いや――つまり」

克巳は、ウェイターを呼んで、コーヒーを注文すると、「お前に恋人を見付けてやろうって話なんだ」

「恋人を？」

正実は笑って、「それぐらい、自分で見付けるさ」

「うむ。もちろん、それが一番だ。いや、お前がそう決めているのなら、俺は何も言わんよ」

——克巳が黙ってしまうと、正実の方は、却って気になるようで、

「つまり……何か具体的な話なの？」

と訊いた。

「うん。見合いしちゃどうかと思ったんだ。いや、構わない。俺から断わっといてやるから」

「あ、そう」

正実が肯《うなず》く。

コーヒーが来て、克巳が最近の殺人事件の話などを始めたので、二人の会話は、どんどん殺伐とした方向へ向かって行った。

そして、しばらくしゃべった後、

「——兄さん」

と、正実が、わざとらしいさりげなさで、言った。

「何だ？」

「その——さっきの話だけど——」

「うん。例の日比谷公園で見付かった死体のことか？　俺も、あれについちゃ、ちょっと意見があるんだ」

「いや、そ、それじゃなくて――」

「じゃ、女子高生殺しか？」

「それより前に出てた話だよ。ほら――」

「何だったかな？」

と、克巳はとぼけた。

「その――つまり――ほら、見合いのことさ」

やっとの思いで、正実が言った。

克巳は、笑い出さないようにするので必死だった。――素直に言えばいいのに！

「ああ、あれか。いいんだ。気にするな。うまく断わっとく」

「でもさ――ほら、兄さんとしても、僕に写真も見せないんじゃ、断わりにくいだろ？　写真でもあったら――見てもいいよ。見るだけなら」

「そうか？――ま、お前の好みじゃないと思うけどな」

「そ、そう？」

「うん。――待てよ、写真を一応、預かって来てるんだ」

克巳は内ポケットを探って、「ああ、これだこれだ。――まだ、子供っぽい感じだろう?」

写真を受け取って、一目見た正実が、ゴクリと唾を飲み込んだ。

「――こ、この子と見合いしろって……?」

「しなきゃいけないわけじゃないぜ。してからじゃ断わり辛いかもしれないから、前もって断わる方がいいかも……」

正実の目は写真に吸い寄せられて、離したくても離せない、という様子だった。

「こ、この子――いくつなの?」

「確か……十九ぐらいじゃないかな。親を亡くしてて、早く結婚したいらしいんだ。性格はなかなかいいってことだったが、どうかな。俺が知ってるわけじゃないんだから」

克巳は肩をすくめて、「ま、大して美人でもないし、気が進まなきゃ――」

「いや、そんなことはいけないよ!」

正実が決然として言った。

「何が?」

「そんな――会いもしないで断わるなんて、この子が傷つくじゃないか!」

「そりゃしかし、見合いってのは、そういうものだからな」

「僕はそんなむごいことはできない！」

と、正実は、ドン、とテーブルを叩いた。

「おい、ここのテーブルは高いんだ。壊すなよ」

「この子と――見合いしてみるよ」

「そうか？　じゃ、連絡してやろう」

やれやれ、世話の焼ける奴だ。克巳は内心苦笑していた。

見合いの話を持って来たのは、正実が、果たして本当に人妻と不倫の間柄なのかどうか、確かめたかったからだ。

しかし、その可能性はない。そうなると……。

問題は、まず、正実を殺す話が克巳のところへ持ち込まれたのが、偶然かどうかだ。わざと持ち込んだ奴がいるとしたら、その目的は？

もし、あの依頼人が本当に妻を奪った男を殺してほしいのだとしたら、その相手が誰なのか。そして、なぜ正実と名乗っているのか……。

もちろん、プレイボーイの中には、他人の名をかたって、女を騙《だま》す奴もいる。しかし、それでも、刑事の名を使ったりするだろうか？

つまり、もし、その男が故意に正実と名乗ったのなら、何か理由があるはずだ。

「それで、兄さん、見合いはいつ？」

と、正実が身を乗り出す。

「おい、待てよ。先方にもお前の写真を見せて、それで向こうがその気になったら、それで初めて見合いだ。——分かるだろ？」

「そう——そうだね。それが当然だ」

正実は、もう本当の見合いの席みたいに、ガチガチに緊張している様子だった。

ちょっと可哀そうだな、と克巳は思った。

この見合い写真は偽物《にせもの》じゃない。本当に、克巳が預かっているものである。

しかし、向こうが、まず断わって来るだろう。——早く親に死なれた十九歳、というのも本当だが、何しろ、大変な遺産を相続した令嬢なのである。

しかも、可憐《かれん》な美少女、というイメージにピッタリ。——まず、正実に希望はなかった……。

二時ごろには、と言っていたのが、三時になった。

しかし、向こうも大して忙しい生活ではないようだから、構わないだろう、と早川香代子は思った。

タクシーを降りて、教えられた通りの道を辿《たど》って行く。安東の家は、すぐに分かった。

安東も、かつては一流の泥棒として、知られた男である。香代子も泥棒。――泥棒の共通点の一つに、初めて来た土地でも、まず迷うことがない、という点がある。

仕事柄、であろう。

もちろん、安東の、道順の教え方も、間違えようのないものだった。

――安東も、もう六十歳に近いはずである。三年前に出所したというのだから、模範囚だったのだろう。

もう今さら新しい仕事、というわけでもあるまいが。

一つ、香代子が気になったのは、安東が、「密告で捕まった」と言ったことだった。

もちろん、そのせいで、何年もの刑務所暮らしをしたのだから、恨みに思っても当然かもしれない。しかし、基本的には、刑務所へ入れられても仕方のないことをしているのだからなぜ捕まったのか、ということは、大して気にならない。

少なくとも、安東とか香代子のようなタイプは、そうである。

泥棒などという稼業は、常に、食うか食われるか、であって、密告される危険は、つきものだ。それに気付かない方が悪い、とも言えるのである。

安東も、もちろん、そんなことは分かっているはずで、それでいて、昨日の電話でわざわざわざああ言ったのが、香代子には気になった。

それに出所して三年もたって、なぜ、急に香代子の所へ電話して来たのか？——たぶん、今になって、密告の事実が分かったのではないか。

その相手が、あまりに思いがけない人間で、安東としても、黙っていられなかった。それで、香代子のことを思い出し、電話して来た……。

香代子は、そう推理していた。

いくつかの疑問がある。——一つは、もちろん、誰が密告したのか。そして、もう一つは、なぜそれが分かったか、である。

「——ここだわ」

香代子は、古びた貸家の前で、足を止めた。

大分見すぼらしい家だが、安東は、家族もない一人暮らしだ。これだけの家なら、充分だろう。

香代子は、みやげに、ホテルで買って来た和菓子を、左手に持ちかえた。安東は、お酒を一滴もやらない、甘党なのだ。

ガラガラと格子戸《こうしど》を開ける。

「——安東さん。早川香代子です」

と、声をかける。「遅くなって……。安東さん」

静かで、返答もなかった。

出かけているのかしら？　でも、戸締まりもせずに無用心なこと……。

泥棒らしくないことを考えながら、ともかく香代子は上がってみることにした。――年寄りのことだ。昼寝でもしているのかもしれないし。
二、三カ所、破れのある障子。それを開けようとして、ふと香代子の手が止まった。破れ目が、どれも新しい。
香代子は、ハンカチを取り出すと、手に巻いて、直接障子に触れないようにして、スッと開けた。


――パトカーが駆けつけて来るのに、十分かかった。

香代子は、警官が、安東の家に入って行くのを、離れた電話ボックスから見届けて、そこを立ち去った。

帰りのタクシーの中で、香代子は、現場の様子を、細かく思い起こしていた。

感傷ではない。もちろん、安東が殺されたのは、ショックだったが、今、肝心《かんじん》なのは、あそこに自分の指紋や、忘れものを、置いて来なかったか、ということである。

何度も確認した。大丈夫だ。

やっと、香代子は息をついた。

気の毒に。――怒りが湧き上がって来る。

あんな年寄りを、なぜ殺したりするんだろう？　本当にひどい！

座布団の上に、突っ伏すようにして倒れていた安東。浴衣姿で、その首筋から、細く一筋の血が、下の畳に吸い取られていた。

一見したところでは、死んでいることに気付かないような外見で、おそらく、香代子でなければ、眠っているだけ、と思っただろう。

死体に手は触れなかった。しかし、傷口から見て、細く、尖《とが》ったもので一刺し、と見た。

むごいことだが、あまり苦しまずに死んだろう。せめてもの慰めだった。

しかし、なぜ……。なぜ、あんな老人を殺したのだろう？

香代子は、ハッとした。

分かり切ったことだ。――密告。

安東は、誰が密告したのかを知り、香代子に話そうとしたのである。それを阻止しようとした人間がいる。

安東を殺してまで。

当然、密告した、その当人である。

しかし――誰が？

香代子は、とんでもないことに自分が巻き込まれてしまったのを知った。

こういう仕事だ。殺されることも、覚悟していないわけではない。安東とて、同じだろう。

ただ、安東が誰かに殺され、それを新聞か何かで知っただけだったら、香代子も、人知れず供養をして済ましただろう。旧知の仲間が殺される度に、犯人捜しをしてはいられない。

だが、今度ばかりは事情が違う。安東は、犯人を香代子に教えるつもりだったのだ。

犯人は、安東が誰かに、密告者の名を教えていないか、どうか、その点を一番心配しているはずだ。となると、安東が昨日、香代子に電話したことも、突き止めるかもしれない。

それは、取りも直さず、香代子にも危険が及ぶかもしれない、ということなのである。

まさか、警察に、事情を話して保護してもらうわけにはいかない。

自分の身は己れが守るしかない。そして、その方法は――安東を殺した犯人を、突きとめて、倒すしかないのである。

タクシーの中で、香代子は、その現実をしっかりと見据え、腕組みをした。

「お客さん」

と、運転手が声をかけて来た。「怖い顔して、これから何か抗議のデモに行くんですか？」

お嬢様《じょうさま》

「やあよ」

と、太田《おおた》リル子は言った。「いやだったら、いや！」

ま、これぐらいで、びっくりしていてはならない。

今どきのお嬢さまは、むしろ奔放な方が正統なのである。

「でもね、ルリ子ちゃん――」

「ちゃんは、やめてよ」

と、ふくれて、「それに、私はル、リ、子じゃなくて、リ、ル、子なの！」

「あ、そうか」

と、太田リル子の叔母、太田正代《まさよ》はため息をついて、「それにしても、兄さんもややこしい名前をつけたわねえ」

「ややこしくたって、名前は名前」

と、リル子は言って、クッキーを一つ、口へ放り込んだ。

広々としたリビングルームは、これだけで、下手なアパートなら一部屋、まるごとおさまりそうである。

太田リル子は、ソファに寝そべって、足をテーブルの上に投げ出し、少女マンガを読んでいた。

「ねえ、ルリ――リル子ちゃん。せめて会うだけでも――」

「いや」

と、マンガから目を離さない。

「あ、そう」

と、太田正代は、また、ため息をついて、「じゃ、仕方ない。克巳さんに、そうお伝えするわ」

「どうぞ」

と、言って、リル子は、しばらくマンガを読みつづけていたが、ふと目を上げて、「今――誰って言った？」

「克巳さんよ」

「克巳さん？――早川さんのこと？」

「そう」

リル子は、パッと起き上がった。

「どうして早く言わないのよ！」

「だって、あなた――」

「ともかく、克巳さん、来るのね」

と、目を輝かせている。

「お見合いの相手は別の人よ」

「分かってるわよ。でも、克巳さんも――」

「そりゃ、みえるでしょ」

「じゃ、お見合いする！」

と、リル子はピョンと飛び上がった。「相手がどんなひどいのでもいい！　何回でもお見合いするわ！」

「同じ人と何回も見合いする人がいますか」

と、正代は苦笑いした。

太田リル子。――十九歳。

二年前、両親を亡くして、独りぼっちの身である。

といって同情するのは早い。ともかく、この広大な屋敷と、財産を受けついでいる。二十歳になれば、どちらも自分のものになるのだ。

一人っ子にしては、逞《たくま》しく育った(精神的にだが)リル子。両親が亡くなっても一向にめげず、大学は中退して、のんびり遊んで暮らしている(!)。

ま、屋敷には三人も使用人がいるのだし、年中、友だちはワイワイ集まって来て遊ぶ。これでめげるわけもないかもしれない。

ルリ子でなく、リル子としたのは、父が、リルケの詩を愛していたからだ。

至って、文学的香気の高い名前なのだが、本人は、マンガの吹き出し以外の文字には、あまり関心がない。

クラシック音楽を愛した母は、数千枚のレコードを遺《のこ》してくれたが、リル子の聞くのは、「小犬のワルツ」のみ、というもったいなさ。

しかし、リル子はリル子なりに、成長もし、人生について考えてもいたのである。

「このままでいるのが一番幸せ!」

これがリル子の哲学だった。

何を好んで、見合いだの結婚だのすることがあるか!

恋だって、適当にできるし、車だって、自分でハンドルを握るより人に任せて、のんびびり座っていた方が、ずっといい。

——友人たちは、こんなリル子を羨《うらや》んでいる。

お金ももちろんだが、リル子はともかく可愛いのである。神がいかに不公平か、の見本がこのリル子だった。

そう。——早川克巳が、弟の正実に見せた写真の少女が、この太田リル子なのである……。


「おじさま！」

と、リル子が手を振る。

克巳は、笑顔でやって来ると、

「やあ、相変わらず可愛いな」

と、リル子の頭を撫でた。

「また！」

と、リル子は克巳をにらんで、「いつもこれだからね」

「いけないか？」

克巳は、椅子に腰をおろした。

Tホテルのラウンジである。

リル子は、目一杯のおしゃれをして来ていた。といって、もちろん、令嬢らしい節度は守っている。

「早速会ってみると言ったんだって?」

と、克巳は言った。「――ああ、コーヒーをくれ」

とオーダーしておいて、

「びっくりしたよ」

「そう?」

と、目を大きくして、「だったら、話を持って来なきゃいいのに」

「それはそうだ」

と、克巳は笑った。「会うだけなら、損はしないさ」

「どんな人? 私、何も見てないんだ」

克巳は目を丸くして、

「呆れたな!」

と首を振った。「相手を知りもしないで?」

「おじさまのような人?」

「残念ながら、大分違う」

「じゃ、いやだ」

「多少は似ているかもしれない。兄弟だからね」

「兄弟?」

「それも知らないのか。僕の弟だよ」

「へえ!」

リル子は目を丸くして、「弟なんて、いたの?」

「末の弟だ。上の弟は、もう結婚してるがね」

「へえ、でも——おじさまは?」

「僕?」

「そう。結婚しないの?」

「僕は女性を不幸にする男なのさ」

「気取っちゃって」

と、リル子は笑った。

明るい笑いである。つい、一緒に笑ってしまう。

「でも、おじさま、どうして女性を不幸にするの?」

「そういう星の下に生まれたのさ」

「暗いのね。そういうの、はやらないのよ」

「そうかい？」

「そうよ！」

――克巳は、何となく妙な縁で、リル子の父を知っていて、そのせいで、リル子のことも、五つ六つのころから見ている。

「私、おじさまから結婚を申し込まれたら、すぐにでもＯＫしちゃうんだけどな」

リル子は、そう言って、いたずらっぽく克巳をにらんだ。「女に、愛を告白させるなんて、ひどい人ね」

「そんなセリフ、どこで憶えた？」

「少女マンガ」

「なるほど」

克巳は、苦笑した。「それで――お嬢様としては、弟に会う気があるの？」

「そうねえ……」

リル子は、オレンジジュースのストローを弄《もてあそ》びながら、「でも、私、まだ若いし」

「分かってる。すぐに結婚する必要なんてないさ。しかし、男を色々知っておくことも、大切だ」

「じゃ――ただのボーイフレンドなら」

「そうか」

克巳は肯いた。「それにはあんまり面白い奴じゃないがね」

「お仕事は？」

「刑事」

「へえ。――おじさまみたいなぶらぶらしてる人とは対照的ね」

「こら、大人をからかうな」

「だって、おじさまって、何をしているのか、全然分からないんだもの」

「僕かい？　僕はね――」

と、克巳は声をひそめて、「冷酷非情な殺し屋なのさ」

「へえ。女殺し、でしょ？」

と、リル子はからかった。「だけど、おじさまの殺し屋だったら、狙われてみたいわ。

――おじさま？」

克巳は、一人の客の後ろ姿を目で追っていた。

「どうしたの？」

「あ、いや――」

克巳は立ち上がって、「ちょっと待っててくれ」と言って、足早にラウンジを出た。

――確かに、あの男だ。

克巳が見たのは、殺しの依頼をして来た男。正実に女房を寝取られた、といった男である。

相変わらずの背広姿で、せかせかと、どこやらへ歩いて行く。

どこへ行くんだ?

克巳は、間隔を取って、尾行して行った。

もちろん、このホテルに、あの男がいておかしいというわけではない。

しかし、どうも、ただの用事にしては、様子がおかしい。何やら思い詰めているようなのである。

男は、エレベーターで上って行った。――克巳は階数表示を見て、十一階で停まったのを確かめると、隣りのエレベーターに乗った。

十一階で降りる。

見当をつけて、廊下を歩いて行くと、どこからか、

「キャーッ」

と、女の叫び声がした。

克巳は、足を早めた。

「やめて！　――あなた！」

と、女の声。

もしかすると、あの男――。

克巳は、ピタリと足を止めた。

パアン、と銃声が廊下に響いた。

「――やったか」

克巳は、引き返すことにした。

冷たいようだが、妙に係わり合っては、巻き込まれてしまう。

エレベーターは、すぐ来そうもなかった。

廊下を誰かが歩いて来る。克巳は、とっさに、従業員用の出入口の戸を開け、中へ身を隠した。

細く戸を開けて見ていると、あの男が、呆然とした様子で歩いて来た。

馬鹿め。――やったな。

男は、中古品らしい拳銃《けんじゅう》を持っていた。

それが手から落ちたのにも、気付かないらしい。

しかし、あの男が、なぜ拳銃を？

男は、フラフラと歩いて行く。

克巳は、階段を一つ降りて、そこからエレベーターで下へ戻った。

ラウンジに戻ると、リル子が、ふくれっつらで待っている。

「女の子を放ったらかしにして」

「いや、悪い悪い」

と、克巳は言った。「ちょっと知ってる奴かと思ったんでね」

「お友だち？」

「いや、人違いだったよ」

克巳は首を振った。「どうだい。待たせたお詫びに夕食でも」

「嬉しい！　いいの？」

「うん。――いい店を見付けたんだ」

「ハンバーガー、ある？」

と、リル子は訊いた。「――あら、何かしらね？」

ホテルのガードマンが走って行くのが見えた。

「さあね。誰か飲みすぎて倒れたんじゃないか。——行こうか」

「うん！」

リル子は、元気よく立ち上がった。


「乾杯！」

リル子は、ワイングラスを一気に空にした。

「強いね」

「もう十九よ」

「二十歳前だろ」

「もう一杯」

と、グラスを置く。

——フランス料理の新しい店である。

なかなか評判になっている店だ。

「——おいしいわ」

リル子が食べながら言った。

「君は子供のわりに舌がこえてるだろ」

「仕方ないじゃない。いつもこんな店ばっかり行ってたんだもの」

「結婚したら大変だな」

と、克巳は笑った。

「――あら、お兄さん」

と、声がした。

「美香！」

克巳は目を見開いた。「よくここが分かったな」

「知ってて来たんじゃないわ」

と、美香は言った。「お客様と待ち合わせなの。――あら、こちら、どこのお嬢様？」

克巳は、ちょっとためらったが、太田リル子を紹介した。

「克巳兄さんに、こんな可愛い恋人がいたなんて」

と、美香は微笑んだ。「じゃ、ごゆっくり――」

美香が一人でテーブルにつく。

リル子は、目を輝かせて、

「妹さん？」

「うん」

「すてき！」

「そうかね」

「何してらっしゃるの？」

「うん。——インテリア・デザイナーさ」

「へえ！　私、憧れちゃった」

リル子の言葉に克巳は微笑した。

拳銃《けんじゅう》の位置

「おはよう」

ダイニングキッチンへ入っていった克巳は、そう声をかけた。

おはよう、と言っても、もう午後の一時である。克巳としては、これが普通の起床時間なのだ。

母の香代子はいなかった。当然のことだ。いつもなら、弟の正実もいない。

しかし、今日は正実がテーブルについていた。珍しいことである。

もっとも、テーブルに突っ伏して、眠っていたのだが。

克巳は苦笑して、

「起こすのも可哀そうか……」

と呟くと、自分でコーヒーをいれた。

なかなか味にはうるさいので、他人にはいれさせないのだ。

克巳は、いつもコーヒー一杯で目を覚ましておいて、出かけてから食事をするようにしていた。それから後は、仕事があるかどうかで決まる。

殺しの仕事は、そう年中あるわけではない。特に、克巳のようなプロを頼むには、それなりの費用がかかるから、客も限られて来るのだ。

香ばしいコーヒーの匂いをかぎながら、時々、克巳は考える。――仕事がなくなったら、どうしようか、と。

もちろん、正実のような刑事もそうだが、逆の意味で、克巳の仕事がなくなれば、いくらか世の中も平和になる。

そうなったら、今までにためた金で田舎に引っ込んで、果樹園でもやろうか――。克巳は少々、年寄りじみている、と美香あたりからは、からかわれそうなことを考えていた。

しかし、間が空くことはあっても、仕事がなくなることは――幸か不幸か――なかったのである……。

「ウーン」

と、正実が身動きして、目を覚ました。

「起きたのか」

と、克巳は言った。「コーヒーを飲むか?」

「やあ、兄さん」

正実は大欠伸をした。「コーヒー、もらおうかな。このままじゃ、玄関までも行けないよ」

「オーバーな奴だ」

と、克巳は笑って、コーヒーカップにコーヒーを注いでやった。「いれたてだ。味わって飲めよ」

「僕は質より量だよ」

「そういう奴に、俺のいれたコーヒーは飲ませたくないな」

克巳は、苦さに目を白黒させている正実へ、「何か事件なのか」

と訊いた。

「うん。——今、何時？」

「一時を少し回ってる」

「じゃ、もう出なきゃ。二時半から捜査会議があるんだ」

と、正実は、犬みたいにブルブルッと頭を振った。

「そいつはいいが、せめて顔を洗って、ヒゲぐらいそれよ」

「あ、そうか」

正実は、ダイニングキッチンを出て行った。

克巳は苦笑して、テーブルの上に置いてあった新聞を広げた。——昨日の事件は載っているだろうか？

その記事はすぐに目についた。

〈不倫の妻を射殺——大学講師の夫を手配〉

手配？　すると、あの男、まだ捕まっていないのか。

あんなにぼんやりと歩いていたのだ。すぐにでも見付かりそうなものだが。

男の名は、神田正一《かんだしょういち》。殺された妻は、久子《ひさこ》とあった。

妻の不倫の相手の方は、今のところ不明のようだ。

「——やっと目が覚めた」

正実が戻って来た。

「おい、ネクタイぐらい替えて行けよ」

「え？　これじゃ、まずい？」

「しみになってる。見っともないぜ」

「そうか。でも、他に、しめられるの、あったかなあ」

と、頼りない。

「何の事件なんだ？」

「そこに出てるだろ」

と、正実が言った。「浮気した奥さんを射殺したのさ」

克巳は目を丸くした。

「お前、この事件を調べてるのか？」

「うん。——どうして？」

呆れたな！　当の不倫の相手にされているのも知らないで！

「犯人は、亭主なんだろう？」

「その可能性が強いけど、一応、一から調べ直してるんだ」

と、正実はコーヒーを飲んだ。

「亭主は見付かってないのかい」

「まだね。逃亡したか、それとも自殺した可能性もあるからね」

なるほど。——あの男なら自殺もしかねない。

「殺された女房の浮気相手は分かったのか」

と、克巳はさりげなく訊いた。

「いいや、まだだよ」

「調べてるんだろ？」

「もちろんさ。一応、そいつが犯人ってこともあり得るからね」

それが自分だと知ったら、さぞ仰天するだろう。

「でも、凶器が死体のそばで見付かってるからね」

と、正実は言った。「その指紋を、亭主の指紋とつき合わせてみれば、かたがつくと思うよ。たぶん今日中には――」

「おい、待て」

と、克巳は遮った。「今、凶器が死体のそばにあった、と言ったのか？」

「そうだよ」

「すると……その拳銃は、部屋の中にあったんだな」

「もちろんさ。ベッドで女が殺されていて、そのすぐそばの床に、拳銃が落ちていたんだ」

「そうか……」

「でも、どうしてそんなこと訊くの？」

と、正実は不思議そうである。

「いや、何でもない」

克巳は首を振った。

「——あ、電話だ。きっと僕だな」

正実が急いで立って行く。

妙な話だ、と克巳は思った。——あのとき、神田というあの男は、拳銃を廊下に落として行ったのだ。

それなのに、その拳銃は部屋の中で見付かったという。

「そいつは……」

どうも、何か裏のありそうな話だ。見かけ通りの三角関係ではない。

「やれやれ……」

と、正実が戻って来て、ため息をついた。

「どうした」

「神田って、その亭主、川へ飛び込んだんだって」

「水泳が好きなのか」

「兄さん！」

と、正実がにらむ。「人の命の問題を、そんな風に——」

「分かった、分かった。で、死んだのか」

「いや、助けられたけど、意識不明で入院中だってさ。重体らしいよ」

「病院へ行くのか」

「そばについてないとね。意識が戻ったら、話を聞くから」

正実は、立ち上がった。「じゃ、今夜は帰れないかもしれないよ」

「お袋に、そう言っとこう」

「うん」

正実は、出て行こうとして、ふと振り向いた。「兄さん」

「何だ？」

「あの――見合いの話は？」

「ああ、あれか。向こうも会うぐらいなら会ってもいいそうだ」

「本当に？」

正実の顔がサッと赤らんだ。

「しかし、事件をかかえて忙しいんだから、急ぐこともないさ」

「アッという間に片付けてやるよ！」

正実は、大張り切りで出かけて行った。

「――現金な奴だ」

と、克巳は苦笑した。

しかし——妙な話だ。

あの男が落とした拳銃を、誰かが、拾って、わざわざ死体のそばへ置いたことになる。

何のために、そんなことをしたのだろう？

たとえ廊下で見付かったとしても、凶器だと分かるに決まっているのに。

「いや——もしかすると——」

克巳は呟《つぶや》いた。

突然、正実が顔を出したので、克巳はびっくりした。

「お前、まだいたのか？」

「見合いには、何を着てけばいいかな？」

と、正実は訊《き》いた。


「おっと——失礼！」

と、その男は言った。

香代子は、いつもの通り、Sホテルのコーヒーハウスで、昼食を終えて、店に戻る途中だった。

廊下で、危うく、その男とぶつかりそうになったのである。

「いや、失礼しました。——大丈夫でしたか？」

男は、落とした書類を拾って、「どこかおけがは？」

と訊く。

「大丈夫ですよ」

と、香代子は言った。「そう、きゃしゃにはできていませんからね」

「そうですか。——いや、大変失礼いたしました」

「いいえ」

男は、また何度も頭を下げて、歩いて行ってしまう。

香代子は、用心しなくては、と思った。

今の男、どうもわざとぶつかって来たように思えるのだ。

普通に歩いていれば、ぶつかるような廊下ではない。それに、落とした書類をチラッと見たが、ほとんど白紙のようだった。

「怪しいわね」

しかし、刺されたようでもないし（いくら何でも、刺されりゃ分かる！）、といって、毒蛇をスカートの中へ入れられたわけでもなさそうだ。

してみると……。

「早川さん、こんにちは」

顔なじみのウェイトレスが、私服でやって来た。

「あら、今日はこれから？」

「ええ」

「じゃ、今夜は彼氏は一人寂しく夕ご飯なの？」

このウェイトレス、同じSホテルのフロントの男性と同棲している。

二人の恋の相談相手をしたので、香代子はよく知っているのである。

「今夜は彼も夜の勤務なんです」

「あら、うまく合わせたわね」

「たまたまですわ」

「愛し合ってるから、そうなるのよ」

香代子の言葉に、ウェイトレスは、嬉しそうに笑った。——香代子の言葉は、温かいのだ。

「それじゃ——」

と行きかけて、「あ、早川さん。今、お客さんが」

「お店に？」

「ええ、前に立ってましたよ」

「分かったわ。ありがとう」

香代子は足を早めた。

古美術の店の前で、足を止める。――誰もいなかった。

「やっぱりね」

ドアの所に軽く結んでおいた髪の毛が、切れている。誰かが中に入ったのだ。

鍵は開けられるだろう。多少、心得のある人間なら簡単だ。

香代子は、そっとドアを開けて中へ入った。

人が隠れるスペースはない。とすると……。

電話が鳴り出した。二回鳴って、留守番電話の応答テープが回り出す。

香代子は、足早に机の方へ行くと、留守番電話の機械のスイッチを、〈外部スピーカー〉に切り換えた。

向こうが吹き込む声が、外に聞こえるようになるのだ。

応答テープが、「――一分以内に、ご用件をお話しください」と、言った。

香代子は、その間に、店の外へ出ていた。

ピーッという信号音。そして、向こうの吹き込む声が……。

「もしもし、岐子です。ちょっとご連絡したいことがあって。——またお電話します」

——香代子は、ちょっと苦笑いした。

少し神経質になり過ぎているのかもしれない。

しかし、香代子は、経験から知っていた。

用心すべきときには、用心しすぎるということはないのだ。

「——岐子さんが、何かしら」

電話してみようか、と思った。店からでなく、公衆電話で。

歩きかけたとき、また、電話が鳴り出した。

応答テープが回る。そして——。

奇妙な、甲高い音が、笛のように鳴った。

と、思うと、爆発が起こった。

香代子の店は、粉々になって、吹っ飛んでいたのである。

「——ただいま」

圭介は、帰宅すると、まず岐子の所へ行って、いつもの通りキスした。

「ね、あなた――」

岐子が、真顔で言った。「大変なの」

「どうした？」

圭介の顔色が変わった。

「流産しそうだとか」

「私のことじゃないのよ」

「じゃ、兄貴か？」

「違うの」

「じゃ、美香？　正実？」

心配する相手が、いくらでもいるのだ。

「お母様のお店が、爆弾で……」

「何だって！」

圭介は仰天した。「で、お袋は――？」

「大丈夫。ご無事よ。呑気なもんだわ」

「そうか」

圭介はホッとした。「しかし、どうしてまた……」

「それが心配なの。お母様の口調では、犯人が分かってるみたいだったわ」

「そうか……。何かあったんだな」

「心配だわ、私」

——圭介は、いやな予感がした。

どうやら、これだけで済みそうにない……。

一瞬の空隙《くうげき》

「さあ、どういうことなんでしょうねえ」

と、香代子は首をかしげた。

「お心当たりは全くない、と？」

「ありませんねえ。人さまに恨まれるようなこと、何もしていないんですもの」

「なるほど」

TVレポーターは、香代子の、いかにも無邪気《むじゃき》そのものの笑顔に、すっかり騙されてしまったようだった。TVカメラの方を向くと、

「善良な未亡人の店を突然襲った暴力。このような無法が許されてよいものでしょうか？」

と、憤って見せ、「このような狂気の犯罪を、一刻も早くなくすために、警察の一層の奮起を促したいと思います」

と、結んだ。

「やれやれ……」

圭介は、TVをリモコンで消すと、首を振った。

「――善良な未亡人か」

「一体誰があんなことしたんでしょうね」

と、岐子が食後のコーヒーを圭介に出しながら言った。

「分かるもんか」

と、圭介は言って、「おい、君はコーヒーなんか――」

「大丈夫。飲んでないわよ」

と、岐子は、大きくなったお腹に手を当てて、微笑んで見せた。

それから真顔に戻って、

「でも、心配だわ。誰かがお母様を狙ってるのよ」

「しょうがないよ。自分のせいだ」

と、圭介は、面倒みきれないよ、という感じで言った。

「あなた」

岐子は、ちょっと眉を寄せて、夫を見た。

「分かってる。そりゃ、僕だって心配してるさ。しかし、どうしろって言うんだ？」

圭介は肩をすくめて、「お袋が泥棒稼業をやっている以上、こういう危険がつきまとうのは避けられないんだ」

「それは私だって分かってるわ。でも、だからって、放っておくなんて――」

「放っときゃしないさ。もういい加減、引退すりゃいいんだ」

「でも、お母様、引退なさったら、きっと老け込んでしまわれるわ」

「もう、そうなってもいい年齢《とし》だよ。生まれて来る孫の面倒でもみてやってさ」

「そういう生活ができる人と、できない人がいるのよ」

「おい」

と、圭介は岐子を渋い顔で見て、「君は、お袋のかたを持つのか？」

「そうじゃないわ」

岐子は穏やかに言った。「私だって、お母様には、いつまでも元気でいていただきたいわ。でもね、今さらお母様に、平凡な未亡人のつつましい暮らしをしろと言っても、たぶん無理な相談だと思うのよ。――ご自分でそうしたいと思ってするのならともかく、周囲がすすめて、無理に隠居させるのは、お母様にとって、殺されるより辛いことかもしれないわ」

圭介は、ゆっくりとコーヒーを飲んだ。

「そりゃね――」

と、岐子は言った。「私、お母様が大好きよ。こうしてあなたと一緒にいられるのも、お母様のおかげだし。だから、そのお母様に一日でも長生きしていただきたい。――ただ今みたいに、物騒なことをしているお母様だからこそ、私、大好きなのかもしれない。そう思わない?」

圭介は、肯いた。

「分かるよ。たぶん、お袋に意見したところで聞きゃしないだろうな」

「あなた自身も、聞いてほしくないと思ってるんじゃないの?」

圭介は、岐子と顔を見合わせ、それから二人して笑い出した。

「図星《ずぼし》だな」

圭介は、大きく伸びをして、「気苦労は確かだがね。――ま、仕方ないか」

「そうよ。あなたのお母様じゃないの」

「君にかかっちゃ、かなわない」

と、圭介は、身を乗り出すと、岐子に素早くキスした。「君は大事な体なんだ。余計なことに気をつかわないでいいんだよ」

「あなたのこと、心配するのは、私にはいいレクリエーションなの」

岐子は、いたずらっぽく笑った。「どうやってお母様を狙った相手を調べるつもり?」

「そうだな……」

圭介は、ちょっと顎《あご》を撫でて、「一応、うちの兄弟には、警察官がいるんだよな……」

と言った。


その警察官も、やはり母親のことは心配だった。

「もしもし、母さん?」

と、正実は、あまり大きな声を出さないように用心しながら、言った。

病院の一階の赤電話でかけているのである。

「あら、正実? 今夜は帰らないんじゃなかったの?」

と、香代子がいつに変わらぬ声で言っている。

「うん。でも、話を聞いて、びっくりしてさ。どうしたの?」

「私にも、さっぱり分からないのよ。たぶん、どこか他の店と間違えたんじゃない?」

母の呑気な口調に、正実も、少し安心した。

「それならいいけど……。けがはなかったの?」

「何ともないよ。安心しなさい」

香代子は、そう言うと、「お前、今夜は帰って来るの？」

「いや、帰れないんだ。重体の患者のそばについてなきゃいけないんでね」

正実の言っているのは、もちろん、浮気した妻を殺したという容疑をかけられている、神田正一のことである。

「まあ、刑事って、病人の看護までやるのかい？」

「いや、その病人が、容疑者なんだよ」

と、正実はあわてて言った。「今夜は徹夜することになると思うから」

「そう。じゃ、気を付けるのよ。今、病室からかけてるの？」

「いや、病院の受付の所にある電話さ」

「病人のそばについてなきゃいけないんじゃないの？」

「そりゃそうだけど、母さんのことが心配で――」

「私は大丈夫。お前は、まず仕事をちゃんとやりなさい」

自分は泥棒なのに、刑事にハッパをかけるというのも妙なものだ。

しかし、もちろん母の「本業」など知る由もない正実は、

「分かったよ、母さん」

と、感激の面持ちで、「じゃ、僕はすぐに病室へ戻る」

「そうしなさい。何か夜食でも届けてあげようか?」

「いや、いらないよ。ちゃんと、夕食は交替で食べたから」

「じゃ、しっかりおやり」

「うん!」

正実は、電話を切ると、「うちの母さんは世界一だ!」

と誇らしげに呟いた。

「——何か?」

と、そばで声がして、正実はびっくりした。

夜勤の看護婦である。まだずいぶんと若い感じだ。

赤い頰っぺたをして、丸々と太っている。

「いや、独り言だよ」

と、正実は言った。

「あ、刑事さんですね」

と、その看護婦は目を大きく見開いて、「ずっと徹夜で張り込みですか」

「う、うん。まあね」

張り込みというのとは、少々違うのだが。

「大変ですねえ。後でコーヒーでもお持ちしましょうか」

「やあ、そりゃありがたいな」

正実は笑顔で言った。「君、いくつ？」

「十九です」

本当に若いのだ。見ていて、つい微笑んでしまう。

正実は、神田正一の病室に戻った。

呼吸はほぼ正常に戻っているようだ。

「──失礼」

と、当直の医師が顔を出す。「ご苦労さんです」

「先生、どうですか、患者は？」

「さあね」

と、中年の、大分くたびれた感じの医師は、欠伸をすると、「僕の患者じゃないのでね。

ま、生きてますよ」

「はあ……」

正実は、キョトンとしていたが、

「じゃ、何かあったら、呼んでください」

と、医師が出て行ってしまうと、後から腹が立って来た。

「人の命を預かる職業という自覚に欠けているんじゃないか！」

と、一人で怒っている。

「ウーン」

と、神田がうめいた。

「ワッ！」

と正実が飛び上がる。

大変だ！　テープ、テープ！

カセットに、吹き込むのだ。正実は、ベッドの傍に置いてあった、ウォークマン型の録音機を手に取って、あわててスイッチを入れた。

が――それきりだった。

神田は、ウーンと呻《うめ》いたきり、また何も言わずに眠り込んでしまっている。

「畜生！」

正実は、ため息をついたが、しかし、これで良かったのである。

正実は間違えて、再生ボタンを押していたからだ……。

ガクッと頭が落ちて、正実はハッと目を覚ました。

しまった！――急いで神田の方を覗き込んだが、相変わらず眠り続けている様子。

時計を見ると、もう夜中の二時だった。

少し目を覚まさなきゃ。――正実は、椅子から立ち上がって、欠伸をしながら、廊下へ出てみた。

「あら、刑事さん」

さっき、下で会った看護婦である。

「やあ、君も起きてるの。大変だね」

「仕事ですから」

そう言われると正実も辛い。

「眠くならないの？」

「そんなヒマ、ないです。夜中に何度もトイレに起きるお年寄りもいらっしゃいますからね」

「なるほど」

「あちこち呼ばれて、結構忙しいんですよ、これでも」

「大変だなあ」

と、正実は心から言った。

「コーヒー、いかがですか」

「うん。いただくよ」

「じゃ、今、お持ちします」

——正実が病室へ入ると、すぐに、看護婦が、紙コップを手にやって来た。

「——どうぞ」

「ありがとう」

正実はコーヒーを飲んだ。——頭が大分スッキリしたようだ。

「助かった！　眠り込んじまいそうだったんだ」

「じゃ、良かったわ」

と、その若い看護婦はニッコリ笑った。

「夜の勤務じゃ、昼間、遊びに行くってわけにもいかないね」

と、正実が言うと、

「私、遊ばないんです」

「どうして？」

「貯金してるから」

「なるほど。——結婚資金？」

「ええ」

と、ちょっと頰を赤らめ、「故郷に婚約者がいて……」

「へえ。そりゃいいなあ」

「刑事さん、独身？」

「うん。そう見える？」

「見えますよ。でも、とってもハンサムだし、もてそう」

あまり言われつけないことを聞いて、正実は、ソワソワしている。

「いや——そうかな。兄貴はもてるんだけど——僕は何しろ、こういう仕事だしね」

「デートの時間もないんですか？」

「まあね。でも、今度、見合いすることになってるんだ」

「へえ！　うまく行くといいですね」

何となく、聞いているだけで、きっとうまく行くに違いないと思えて来るような声だった。

「——顔を洗って来たいんだけど、ちょっとついてってくれるかい？」

と、正実は言った。

「どうぞ。私、ここにいますから」

「すぐ戻るよ」

「大丈夫です。あと十五分ぐらいは、呼ばれないと思うから」

「じゃ、頼むよ」

正実は、病室を出ると、洗面所へと歩いて行った。

——正実が病室を出たのを見て、一つの人影が動き出した……。

正実は、顔を洗い、ちょっと頭を振って、鏡の中を覗き込んだりしていたが、しかし、ほんの二、三分で、洗面所を出た。

廊下へ出たとき、タタタ、という足音を耳にしたような気がしたが、大して気にもとめなかった。

夜中の病院というのは、結構音がするものなのだ。

正実は病室のドアを開けて、

「もういいよ。君は仕事に——」

言葉が途切れた。

——目の前の光景が、信じられなかった。

床に、あの若い看護婦が体をねじるようにして倒れている。白衣は血に染まっていた。

そしてベッドの神田もまた——、毛布がめくられ、はだけた胸から血が広がっている。

正実は、青ざめ、膝が震え出した。

しかし——何とか、お前は刑事だ、と自分に言い聞かせ、ドアを開けると、

「誰か！　誰か来てくれ！」

と、大声で叫んだ。「誰かいないか！」

びっくりした様子の看護婦が一人、駆けて来る。

「中が大変だ！　医者を早く！」

正実はそう言って、駆け出した。

犯人は、まだ近くにいるはずだ。

「キャーッ！」

病室を覗いた看護婦の悲鳴が、正実を追い立てるように、響き渡った。

しかし、犯人の姿も見ていない正実には、どこをどう追っていいのかも分からなかった。

病院の警備員を叩き起こし、一一〇番、非常手配、と、やるべきことはやったが、差し当たり、自分で犯人を見付けることはできなかったのだ。

——くたびれ切って、病室へ戻ると、当直の医師が、さすがに青ざめて、立っていた。

「――二人は?」

と、正実は訊いた。

「即死ですよ」

医師は、ポツリと答えた。

電話帳を撃《う》て

「えらくきれいになりましたね」

と、ノッポの男が言った。

「大掃除の手間が省けますな」

と言ったのは、対照的に小太りな男。

「おい、そりゃねえだろ。危うくボスがやられるところだったんだぜ」

「ボスが死んだりするもんか」

と、小太りな方が自信たっぷりに、「何も悪いことなんかしちゃいねえのによ」

これには香代子も笑ってしまった。

「まあ、この有り様じゃ、お茶も飲めないね。たまにはどこかでご飯でも食べようか」

と、二人を促して、歩き出した。

——爆破された香代子の店は、布で隠されて、表からは見えなくなっていた。

三人はSホテルの、人気のなくなった廊下を歩いて行った。もう夜中の二時を回っている。

昼間は大いににぎわっているホテルの中も、この時間になると静かなものだ。

「——食べる所があるんですか？」

と、小太りな男が言った。

「朝四時まで開いてるレストランが一つだけあるのさ」

と、香代子は言った。

「へえ！ いけねえな。夜ふかしになる」

泥棒にしては妙なセリフである。

——この二人、香代子の忠実な手下なのだ。ボスがボスなら、手下も手下で、プロ意識のある、腕前においても抜群の二人なのだが、見たところはとてもそうは見えない。

どちらも四十歳前後。ノッポの方は小判丈吉《こばんじようきち》という、嘘のような本当の名前の持ち主だ。

丈吉は、かつてサーカスの空中ブランコや軽業で鳴らした芸人。その身の軽さで、どこにでもやすやすと忍び込む。

一方の小太りな方は、どう見ても「身が軽い」とは言えないが、名を土方章一《ひじかたしよういち》。指先の器用さは魔術のようで、どんな金庫、錠前も彼の敵ではない。元、時計屋である。

どちらも、仕事には忠実で、かつ、人を殺したり傷つけたりしないという香代子の主義を厳しく守っていた。

——レストランは、結構混み合っていた。

しかし、香代子はこのホテルの中では顔である。マネージャーが、すぐに奥のテーブルを用意してくれた。

「——驚いたな」

と、土方が席についてから、レストランの中を見渡して、「こんな時間に、どうしてこんなに人がいるんだ？」

「知るか」

と、丈吉がメニューを広げる。

「まさか、みんな泥棒だってわけでもねえだろうな」

土方はそう言って、メニューに見入った。

「——しかし、ボス」

オーダーを済ませた後で、丈吉が言った。

「一体誰がボスの命を？」

「そのことなんだけどね」

と、香代子は肯いた。「安東さんが殺されたのを知ってるかい？」

香代子は、かつての同業者、安東が、誰かに密告されて捕まったと電話をかけて来たところから、一部始終を話して聞かせた。

「――なるほど」

丈吉は考え込んで、「すると、安東さんを殺《や》った奴が、ボスの命まで？」

「その可能性が大きいと見てるんだけどね、私は」

と、香代子は言った。「――ちょっと！　コーヒーをね」

「爆弾をしかけるなんて、卑怯な奴だ」

と、土方は怒って言った。

「しょうがないね。そういう相手だと思ってかかるしかないだろうよ」

「爆弾はどうやって爆発させたんです？」

と、土方は、やはり技術的な点が気になるらしい。

「信号だね。電話をかけて、受話器が上がると、特定の周波数の信号音を出す。部屋に仕掛けた爆弾が、それに反応して爆発するのさ」

「それじゃ、よほどのプロだな。そんな装置を作れるってのは……」

土方は、顎を撫でながら、「当たってみりゃ、それらしい奴の名がつかめるかもしれませんぜ」

「やっておくれ」

と、香代子は言った。「別に命が惜しいわけじゃないけど、あんな年寄りを平気で殺すような奴を放っとけないよ」

「ボスに死なれちゃ困りますよ」

と丈吉が顔をしかめた。「まだまだ現役で頑張っていただかないと」

「俺たちに任してください」

と、土方は少々興奮気味で、「そんな野郎、人工衛星にのっけて、宇宙へ打ち出してやる」

「そう言ってくれると嬉しいよ」

と、香代子は微笑んで、それから、厳しい表情になると、「くれぐれも用心してね。今度の相手は、人の命を何とも思ってない奴のようだから。私のことを知っているってことは、たぶんあんたたちのことも知っていると思った方がいい」

「分かりました」

丈吉は肯いた。「自分の身は自分で守りますよ。――なあ、おい」

「うん？」

土方は、目をパチクリさせて、「何か言ったか？」

「何をボンヤリしてやがんだ。人の話を聞いてねえのか？」

「いや、ちょっと気になったんだ。あの角の客」

「角の？」

もちろん、香代子も丈吉も、そう言われたからといって、振り向くほど素人ではない。

「うん。一人なのに、テーブルのソファの側じゃなくて、椅子の側に座ってる」

壁に沿った長いソファと、椅子が向かい合わせに置いてあるのだ。一人の客なら、ソファに座る方がずっと楽である。

「しかも、アタッシェケースを膝の上にのせてるぜ」

「なるほど、妙だな」

「――どうします、ボス？」

土方に問われて、香代子はそっちの方を見ようともせずに、

「ちょっと電話をかけて来るよ」

と、立ち上がった。

香代子が、レストランの入口のわきにある赤電話の方へ歩いて行くと、例の男が、少し

体を動かした。

どう見てもサラリーマン風。あまりにそれらしくて、却って不自然にすら見える。

香代子が、電話をかける。――その声が耳に届いたのか、男はゆっくりと水を飲むと、椅子をずらして立ち上がった。アタッシェケースを手に、レジの方へ歩いて行く。

「おい――」

土方が腰を浮かしたのを、丈吉が、「俺が行く」

と、押し止めた。

丈吉は、長い足で、大股にぐんぐんとテーブルの間を縫って歩いて行った。間に合うだろうか？　間に合わせなくては！

「――そう。大変なことだったわねえ」

香代子の声が近付いて来る。

男は、レジに小銭を置いた。用意してあったのだ。丈吉は青くなった。

駆け出そうとしたとき、レジの女の子が、

「お客様。申し訳ございません。サービス料を一割いただきますので――」

と声をかけ、男の足は止まった。

しめた！　丈吉は同じペースで歩いて行った。男が苛立っているのが分かる。

さらに小銭を出したが、一つ、床に落としてしまった。

「おつりを――」

「いや、いい」

男が、口をきいた。そして、足早に、電話をかけている香代子の背後を通り抜けようとする。

丈吉が、その間へ割り込んだ。

「おっと、失礼」

と丈吉は言った。

ストン、というような低い音がした。男が丈吉をキッとにらむ。

「ちゃんとつりをもらっちゃどうです？」

と、丈吉は言った。

いかつい顔の男だった。――ほんの一秒ほど丈吉を見つめ、それから、足早に出て行く。

「――あんまり気落ちしないようにね。――じゃ、もうすぐ帰るから」

香代子は、受話器を置いた。「困ったことだわ」

「どうかしたんですか？」

「正実がね……。大丈夫だった？」

丈吉はニヤリと笑って、

「電話帳が一冊、だめになりましたけどね」

と言った。

丈吉が、赤電話の下にあった電話帳をつかんで、あの男のアタッシェケースに仕込んだ拳銃の銃口へと押し当てたのだ。弾丸は、電話帳にめり込んで、止まっていた。

「ご苦労さま。それは持って帰った方がいいね」

「そうしましょう」

と、丈吉は肯いた。

「そろそろ料理が来るよ。席に戻ろうかね」

香代子が戻ろうとすると、レジの女の子が、

「困ったわ、おつりが……」

と呟いた。

「そこへ入れとけば？」

と、香代子が、レジの片隅に置かれた、動物基金のパンダの貯金箱を指さして言った。

——席に戻ると、ちょうど料理も来ていて、三人は食べ始めた。

「——見たことのない顔でしたね」

と丈吉は言った。「知り合いを当たってみますよ」

「そうしておくれ」

香代子は、命を狙われかけたというのに、一向に食欲は衰えず、「――こんな時間のわりにゃ、いい味だろ？　ここのコックはね、私がよそのホテルから引き抜いて来たんだよ」

と言った……。

「おい、まだ生きてるか？」

と、言ったのは克巳である。

「大丈夫みたいよ」

美香は肯いた。

「でも見張ってないと、いつやらかすかも……」

二人はヒソヒソ声でしゃべっていた。そこへ、やって来たのは圭介である。

「――どう、正実は？」

と、息を切らしている。

「今のところ、何とか……」

と、美香がそっと言った。「大きな声を出さないで」

「そうか」

圭介はホッと息をついた。

三人は、足音を殺して、居間へと入って行った。

ここは早川家だ。朝、まだ七時。

みんなして、正実を心配して集まって来たのである。

といっても、別に正実は重傷を負っているわけではない。いや、「心の傷」には違いないかもしれないが。

「——しかし、ひどい奴もいるもんだな」

と、克巳がソファに座って、言った。

「看護婦まで殺すなんてね。——冷酷そのものだわ」

「うん……」

圭介の方はやや複雑な気分である。克巳だって殺し屋なのだから、あまり他人のことを言えた義理じゃあるまい。

「神田って奴を殺しに来たんだな」

と、克巳が言った。「たまたま居合わせたのが不運だった、ってわけか」

「婚約者がいたんですってよ、彼女。可哀そうに」

美香は、首を振った。「正実がショック受けるのも当然よ」

「捜査から外されたんだって?」

と、圭介が言った。

「そうなの。持ち場を離れたとかで……。でもねえ、人間だもの、トイレにだって行くじゃない」

「殺されるなんて思ってもいなかったわけだしな。それなら、ちゃんと交替をつけて、二人で見張るべきだった」

「兄さんがそう言っても仕方ないよ」

と、圭介は肩をすくめた。「ともかく今は正実が妙な気を起こさないように……」

要するに、みんな、正実が責任を感じて自殺でもするのではないかと心配して集まっているのである。

「――母さんは?」

と、圭介が気付いて、「出かけてるのかい?」

「さっき、帰るって電話があったわ。ホテルの方が、色々大変なんですって」

「爆弾騒ぎか」

「何だかいやね。——今年はついてないのかな、我が家は」

いつものことさ、と圭介は心の中で呟いた。

克巳は、どうにも納得できなかった。

なぜ神田は殺されたのか？　いや、もちろん、神田に妻殺しの罪を着せようとした奴がやったのだろうが、それにしてはおかしいことがある。

神田を、あんな風に、はっきり分かる形で殺したら、妻殺しの犯人が、他にいると教えているようなものではないか。

あくまで神田が犯人と見せかけるためには、神田の死が、自殺と見えなくては、ならないのだ。

そのつもりで病室へ入って、看護婦がいたので、焦ったのだろうか？

そのわりには、鮮やかな手口で二人を殺し、逃げ去っている。

どうも気に入らないな、と克巳は思った。何か裏がありそうだ。

「——やあ」

突然声がして、圭介たちはワッと飛び上がった。

「正実か！——ど、どうだい、元気そうだな、ハハ……」

圭介は、言いかけて、口をつぐんだ。

正実の目は、あらぬ方を見つめていた。

「心配してくれてありがとう……。僕は幸せだよ」

「ね、正実、何か食べたくない？　私、何か作ってあげようか？」

と、美香が腰を浮かし、「最近、ケーキ作りにこってるの。なかなかいけるのよ」

朝の七時から、ケーキでもあるまい。

「ありがとう……。じゃ、僕だけじゃなくて殺された看護婦の分まで作ってくれないか。僕があの世へ持って行くから……」

「正実！　何てこと言うの！」

「いや、冗談だよ、冗談……」

正実は顔を歪めた。笑ったつもりらしい。

「――じゃ、おやすみ。ゆっくり眠るよ。このところ寝不足でね……」

正実がよろけながら歩いて行く。

三人は顔を見合わせた。

「――こりゃ何とかしなきゃ」

と、圭介はため息をついた。

「そうだ」

克巳は指をパチンと鳴らした。「いいことを思い付いたぞ」

圭介は、やや不安な思いで、克巳を眺めていた。――大体ろくなことを思い付かないんだから、うちの一家は！

お見合い

しつこく電話は鳴り続けた。

「――うるさいなあ」

太田リル子は、渋々目を開けた。両方一度に開けると疲れるから、片方ずつ、まず右、それから左、というように開けたのである。

「何時よ？」

と、時計に目をやって、「十二時じゃない！　誰？　こんな時間にかけて来るなんて……」

誤解のないように。夜の十二時ではなく、昼間の十二時なのだ。

大学にも行かず、働きにも出ない「お嬢様」にとっては、昼も夜もないのである。

「はいはい、出ますよ……」

やたらでかいベッドの中を這い進んで、リル子は電話の方へと手をのばした。何だかプールで泳いでいる、という格好だ。

もちろん、いくら大きなベッドでも、寝ているのはリル子一人。どんなに寝相が悪くても、このベッドから落ちるのは容易ではあるまい。

普通の電話は、こんな所にかかって来ない。この、ベッドのわきの電話番号を知っているのは、ごく親しい友だちに限られていた。

「――はい」

寝転がったまま、面倒くさそうな声を出す。

「やあ、お嬢さんは、まだおやすみだったのかな?」

その声に、リル子の目がパッと開く。

「おじさま! 珍しいじゃない、電話してくれるなんて」

早川克巳である。十九歳のリル子は、ちょっと渋い、ニヒルな二枚目の克巳に憧れているのだ。

「起こしちまったのかな」

「いいの。どうせ起きようかと思ってたところだから」

と、リル子は心にもないことを言った。「デートに誘ってくれるの?」

「正確にはデートじゃないがね」

と、克巳は申しわけなさそうに言った。「今日、時間はあるかい？」

「デートの約束が三つしか入ってないの。全部すっぽかすから、平気よ」

「相変わらずだな」

と、克巳が笑った。「実は、例の、弟との見合いの話なんだ」

「お見合い？」

リル子はしばし考えてから、「――あ、そうだったわね。思い出した」

「忘れてたのか？」

「おじさまとのお見合いなら、絶対忘れないいんだけどな」

と、リル子はいたずらっぽく言った。

「今日の午後、どうだい」

と言われて、リル子、

「また急なのね」

と、目をパチクリさせたが、考えてみりゃ別に用事があるわけでもない。「でも――いいわ。何時？」

「六時でどうだろう？　夕食でも取って……」

「了解。じゃ、おじさまが迎えに来てくださるのね？」

「弟に会ってもらう前に、ちょっと話をしたいんだ」

と、克巳が言った。

「少し早目に行く」

「私と二人で?――結婚を申し込むの?」

「まさか」

「なんだ」

と、リル子はがっかりした。「でも二人でゆっくりお話しするのなら、ホテルの部屋でも取らないと無理じゃない?」

「コーヒーハウスでケーキを食べながらで、充分さ」

「ムード、ないんだ」

リル子は、ちょっと口を尖らして、「じゃ、お迎えは?」

「三時に行く。それぐらいなら、目が覚めてるだろう?」

「分かんないわよ。お見合いの間、ずっとコックリコックリやってるかも」

と、リル子は言ってやった……。

しかし、ともかく克巳の電話で、リル子は爽やかに目が覚めたのである。

電話を切ると、パッパとパジャマを脱ぎ捨て、裸になって、ベッドルームに付属のシャワールームへ入って、思い切りシャワーを浴びた。

「気持ちいい！」

と、思わず声を上げる。

ついでにリル子のお腹の方が、グーッ、と声を上げた。

若いのである……。


「ええと……」

美香が、何とか笑顔を作って、言った。「こちらが、弟の正実です」

正実が、どうも、と呟いたらしいのだが、口が少し動いただけで、声にならない。

「で、こちらのお嬢さんが、太田リル子さんだ」

と、克巳は言った。

「初めまして」

リル子は、多少澄ました声で言ったのだが、その声が、果たして正実の耳に入ったのか、いや入ったことは確かでも、頭の中で理解したのか、ということになると、同席する誰一人として確信は持てなかったのである。

圭介は、そっと美香の方を見た。

いつもの美香なら、詐欺師の本領を発揮して、ニコニコと愛想よく、座をもたせるのだろうが、やはり今日のように、正実が主賓となると、調子が狂うようだ。

まあ、克巳のアイデアも、決して悪くはなかった。「自宅謹慎」の正実を元気づけようと、どうやら写真で一目惚れしたらしい少女に引き合わせようという……。

しかし、正実の「職務上の義務感」たるやちょっと桁外れなので、どんなに可愛い女の子を連れて来たって、今の正実を、底なしの泥沼から引きずり出すのは不可能なのである。

しかし——圭介はそっと太田リル子の方を見て、また、兄貴も、よくこんな可愛い子を見付けて来たもんだ、と思った。

もちろん、妻の岐子は同席していない。もし隣りにいたら、向こうずねの一つでもけっとばされていたかもしれない。

結局、ホテルの個室で、食卓を囲んでいるのは、見合いの当人たち——正実とリル子の他に、克巳、圭介、美香という、早川家の子供たちなのだった。

母親、香代子は、爆破された店の修理（?）で駆け回っていて、それどころじゃない。

しかし——いかに克巳、圭介、美香の三人が、食事しながら会話を盛り上げようとしてみても、肝心の二人が黙りこくっているのでは、どうにもならない。

「でも、あなた十九歳ですって?」

と、美香は、弟の方を無視して、リル子に話しかけた。「それで一人住まい?　寂しくないの？」

「別に、寂しくありません」

　と、リル子はワインなど飲みながら、

「友だちもいるし、お手伝いさんもいるし……。それに、寂しくなるっていうのは、一緒にいた人がいなくなったとき、寂しい、って思うんでしょ？　初めから一人なら、寂しくもなりません」

　なるほど。——美香は感心した。

　見かけによらずしっかりしている。ただ可愛いだけの女の子じゃなさそうである。

「大変な財産ですってね。二十歳になったら——」

「ええ。私が相続することになってます」

　美香としては、こういう話になると、つい身を乗り出してしまうのである。

　圭介があわてて咳払いして、

「ええと——それで、ルリ子さんの趣味は？」

　と突然言い出したから、リル子、笑い出してしまった。

「ごめんなさい。——だって、あんまり急に言われて……」

　と、やっと笑いがおさまると、「それに私、リル子です。ルリ子じゃないの」

「あ、これはごめん」

「彼女の名はな、リルケから取ったんだ」

と、克巳が説明する。

「まあ、すてき！」

と、美香が微笑んで、「私の名、どこから取ったと思う？　母が私を生むときに、ミカンを食べてたからなのよ。ロマンチックじゃないわ」

「でも、美香さんってとってもすてき！」

と、リル子は目を輝かせて、「私、美香さんみたいな女性になりたいわ」

圭介は、内心、冗談じゃないよ、と呟いた。これ以上、世の中に詐欺師がふえてたまるもんか！

「光栄だわ。でも、インテリア・デザインって、結構大変なのよ」

「どんなことをやるんですか？」

と、リル子は椅子に座り直した。

――参ったな、と克巳はため息をついた。

リル子と正実の見合いなのに、肝心の正実は、コースの料理を、ボソボソと食べているだけで、口もきかない。

もっとも、今にも死ぬか、という顔のわりには、料理を結局、ちゃんと食べていたのだが……。

――ディナーが終わっても、まだリル子は、美香にインテリア・デザイン界の内幕話を、根掘り葉掘り訊いている。

克巳は、エヘンと咳払いして、

「――じゃ、我々はこの辺で席を外そうじゃないか」

と言った。

「あら、そうね」

と、リル子がヒョイと立ち上がったので、

「君は別！」

と、克巳があわてて止めた。「君と正実以外は、ってことだよ」

「え？」

完全に忘れているのである。「――ああ！　そうか」

克巳は、ちょっとリル子をにらんで、

「僕らは先に失礼するよ。おい、正実、ちゃんとこのお嬢さんを送り届けてくれよ」

「うん」

やっと、正実が口をきいたのである。

「この部屋はずっと借りてあるから、しばらく、話などしてるといいよ」

克巳が、リル子の肩を軽く叩いて、「じゃ、またね」

とウインクして見せる。

リル子は、ちょっとすねた顔で、克巳をにらんだのだった……。

——ロビーへ出ると、

「大丈夫かなあ」

と、圭介が言った。

「何が？」

「いや、兄さんの気持ちはよく分かるよ。しかし……」

「正実にゃもったいないわ」

と、美香ははっきりと物を言う。「あれじゃ、月とスッポンよ」

「可哀そうなこと言うなよ」

克巳は苦笑して、「あの子にも、一応事情は話してある。ま、多少気晴らしにでもなればと思っただけだ」

「気晴らしねえ」

「圭介、何か心配なのか?」

「うん……。まさか、正実の奴、あの子を連れて、無理心中とか……」

「おい、よせよ!」

と、克巳は目を丸くした。「大丈夫。あの子はそんなヤワな子じゃない」

「だといいけどね……」

——三人は、何となく重苦しい沈黙のままホテルを出て行ったのである。


さて、一方、借りた部屋に残された正実とリル子。

ここはスイートルームで、そのリビング風の部屋の方に、食卓がしつらえてあるのだ。当然のことながら、わきのドアの奥は寝室である。

もちろん、克巳とて、そんなことまで気をきかせたわけではない。

リル子も、克巳から話を聞いて、多少はこの少々ピントのずれた感じの弟に同情していた。しかし、元気付けてやろうにも、まるで口もきかないのでは、どうしようもない。

でも、ここは克巳のため、と気を取り直し、

「ねえ、正実さん! 私ってどう?」

と、元気よく声をかけた。

正実が、やっとリル子を見た。

「あなたの好み？　私、もてないのよね。男っぽくて、女らしさが欠けるんだって。みんなに言われるのよ。あなたの目から見て、どう？」

正実は、力なく微笑んだ。そして、ゆっくりと口を開いた。

「ありがとう。――悪かったね、僕のために」

リル子は、調子が狂って、

「悪かったって――何が？」

「僕にもよく分かってる」

正実は、ため息をついて、「兄さんや姉さんに心配をかけて、全く、ふがいのない刑事だよ」

「兄弟なら、心配するの当然じゃない？」

「しかしね、これ ばかりはどうにもならない。死んだ者は帰って来ない」

「そうね。――でも、だからこそあなた、元気を出さなくちゃ。あなたが落ち込んでいたって、犯人、捕まるわけじゃないわ」

正実は、まじまじとリル子を眺めると、

「ありがとう。君はいい人だなあ」

と言った。

「びっくりさせないでよ。聞き慣れないこと言われると困っちゃう」

「兄さんに頼まれたんだろ？　無理しなくていいよ。誰か、もっと面白い、楽しい男の子と遊びに行けば？」

リル子は、椅子にかけて、頬杖をつくと、

「お見合いの相手にそんなこと言われるとは思わなかった」

と言った。「たいていは、ちょっと散歩にとか誘うものよ」

「僕だってね、そのつもりだった。君の写真を初めて見たときには」

「じゃ、今は？」

「む、むだだよ」

「むだ？　むだって、どういうこと？」

「僕は結婚する気なんかないってことさ」

リル子は、フーンという顔で、

「つまり、私のこと、気に入らなかったんだ」

「違う違う。そうじゃない」

と、正実は急いで言った。「君でも、君でなくても、だ。僕は一生、独身で通す決心をしたんだ」

「どうして?」

「君も聞いたろう。僕の代わりに殺された看護婦は、婚約してた」

「ええ」

「――その婚約者がね、田舎から車を飛ばして駆けつけて来たんだ。そして彼女の死体と対面したら、その場に崩れて、泣き伏した……。僕のせいだ。その婚約者に、僕はよほど拳銃を握らせ、僕の胸を撃ち抜かせようかと思った」

リル子は、啞然《あぜん》として聞いていた。

「――僕は、彼に詫びたよ。気の済むようにしてくれ、と言って。でも彼は、何と言ったと思う? 『あの子は、きっと、そんなことをしないでくれ、と言うと思います』……。そう言ってね、帰って行った。そのとき、僕は決心したんだ。生涯独身で通そう、と

……」

リル子は、じっと正実を見つめていた。――その目に、不思議な表情があらわれているようだった……。

波乱万丈《はらんばんじょう》

「帰らなくていいの、圭介兄さん?」

と、美香が言った。

「ああ。——何だ、追い返すのか?」

「そうじゃないけど、岐子さん、待ってるんじゃないの?」

「なあに、平気、平気。たまにゃこうして兄妹水入らず……」

「年中会ってんじゃない」

と、美香が苦笑いした。

——ここは銀座のあるバーの中。

カウンターで飲んでいるのは、もちろん、早川家の圭介、美香——それに、口数は少ないが、克巳の三人である。

正実と太田リル子の見合いの席を出て、三人で、

「たまにゃいいか」

と、ここへ寄った、というわけだった。

「しかしねえ……。僕はいつも思うんだけど――」

と、圭介、いい加減酔っ払っている。

「何を思うの？」

「うん。――何だっけ？」

「大丈夫？　本当にもう帰ったら？」

美香も克巳も、全く平然としている。圭介が一番アルコールに弱いのである。

「いやあ、家族ってのはいいもんだ！」

と、圭介が突然声を張り上げる。

「お兄さん、ちょっと、小さな声で」

「うん。――お前も、どうして結婚しないんだ？」

「私？　そりゃ相手がいないからよ」

「いくらだっているじゃないか。ほら――その辺に転がってら」

「犬や猫じゃあるまいし。犬や猫だって、好みってものがあんのよ」

と、美香が言い返した。「それを言うなら、克巳兄さんの方がよっぽど――」

「俺は家庭を持つようにできてないんだ」

と、克巳は言った。

そりゃね。――殺し屋稼業じゃ、いつ家族だって危ない目に遭《あ》うか分からないからな。

圭介は、内心、そう思った。

しかし、そうと口に出さないのは、いくら酔っていても、それを言ってしまっては、この家族の団らんもおしまい、と分かっているからである。

そうとも。――俺一人が気をつかって、苦労してるんだぞ。

「考えてみたら、うちじゃ圭介兄さんだけなのね、ちゃんと家庭を持ってるのって。母さんも未亡人だし、正実も当分その可能性ないだろうし」

「あの子とうまく行くかもしれないぜ」

と克巳が言った。

「まさか！　あんな可愛い子が――」

「いや、分からないぜ。美女が二枚目と一緒になると限ったもんでもあるまい」

「そりゃそうだけど」

と、美香はグラスを軽くあけた。

「あの、ちょっと――」

と、圭介は、立ち上がった。「うちへ電話して来るよ」

「何よ、だったら先に帰れば？」

「うん。ともかく、連絡だけでも――」

圭介がフラフラと赤電話の方へ歩いて行った。

「――ありゃ、相当敷かれてるな」

と、克巳が笑って、「ま、本人がそれで幸せなら結構だが」

「女が強い方が、世の中は平和よ」

と、美香は言った。「戦争を始めるのはいつも男だもん」

「サッチャーは女だぜ」

「あれはね――本当はレーガン大統領が変装してんのよ」

と、美香は声をひそめて言った。

――圭介は、家へ電話をかけて、

「もしもし。――岐子か？」

と言ったが、返事はなかった。

お話し中なのだから、当たり前だ。

岐子は、ちょうど学生時代の友だちと、電話で長話をしているところだった。

「――そう。おたくも遅いの。うちも今夜はまだ。――うん。でも、たいていは早く帰って来るけどね」

「いいわねえ」

と、相手はため息をついた。「うちの旦那なんて、十二時前に帰って来ることなんて、めったにないのよ」

「忙しいのね」

「どうだか」

フン、と鼻を鳴らして、「いつも、接待だ、付き合いだって言ってるけど、分かったもんじゃないわ」

「あら、大分苦情が多いのね」

と、岐子は笑った。「結婚前は、夢の中の王子様みたいなこと言ってたじゃない」

「夢なんて、いつか覚めるものよ」

と、その友人は、リアルな意見を述べた。「岐子も、気を付けんのね」

「そうするわ」

「赤ちゃんの方、どう？」

「うん、順調よ。もう重くって」

「あんまり大きくなっちゃうと、生むときに大変よ。ほどほどにしといた方がね」

「私じゃなくて、赤ちゃんに言ってよ」

と、岐子は笑った。「——あ、玄関に——主人、帰ったのかしら」

「じゃ、切るわ。真面目なご主人に、よろしく言って」

「はいはい。——じゃあね」

受話器を置いて、岐子は、よいしょ、と立ち上がった。

妊娠七カ月で、大分重くなっているのである。

「あなた。お帰り——」

玄関の方へ出て行って、岐子は戸惑った。誰もいない。——空耳かしら？　でも、確かに——。

そのとき、背後に人の気配がしたと思うと、岐子の目の前に、スッと銀色に光るナイフが現われた。

「動くなよ」

と、低い声が言った。「声を上げると、命がないと思いな」

岐子はサッと青ざめた。

しかし、岐子とて、かなりの度胸の持ち主ではある。気を取り直すと、

「お金なら、引出しよ、台所の。現金は大して持ってないわ」

と言った。

男が、ちょっと笑った。

「金じゃねえんだ、こっちの目当ては」

と男が言った。

「じゃ——何なの?」

「まあ、おとなしくしてるんだな」

男が、ニヤリと笑った。

電話が鳴り出した。

「——亭主からかな」

「知らないわ」

「こっちへ来な」

促されて、岐子は、リビングの方へと歩いて行った。

独身時代の岐子なら、向こうずねの一つもけり上げて、大暴れするところだが、何しろ今は無理のできない体である。

言われるままに、受話器を取った。

「――もしもし、岐子か。――さっき、かけたらお話し中で。いや、ちょっと兄貴たちと一緒なんだ。もうすぐ――」

と、圭介は言った。「おい、岐子。――もしもし？」

「あなた。落ちついて聞いてね」

と、岐子の声。

「何だって？」

「私、今、ナイフを突きつけられてるの」

圭介は、ポカンとして、

「今――何て言った？」

「ナイフを突きつけられてるの」

と、岐子はくり返した。「泥棒じゃないらしいのよ。何が目的なのかは――」

「おい、岐子、お前――」

圭介は青くなった。酔いもどこかへ吹っ飛んでしまう。

「待って。――かわれと言ってるから」

岐子にかわって、男の声がした。

「お前の女房は預かるからな」

「何だって？　誰なんだ？」

「そいつは、その内に分かるさ」

と、男は低く笑った。

「待て。おい、待ってくれ」

圭介は、やっと頭が回転し始めた。「一体何が望みなんだ」

「そいつは後で連絡する。言われた通りにしないと――」

と、男は言葉を切って、「女房と、それからお腹の子供の命もなくなるぜ」

「分かった。――分かったよ。家内にかわってくれないか」

「いいだろう」

圭介は、目をつぶって、必死で呼吸を整えた。――何てことだ！

「もしもし、あなた」

「岐子。心配するな。必ず助け出すぞ」

「私のことは心配しないで。自分の面倒ぐらいみられるわ」

岐子の声は明るかった。

「――もういいだろう。連絡を待て」

男の声がして、電話は切れた。

圭介は、どうやってカウンターへ戻ったのか、自分でも分からなかった。

「どう？　奥さん、怒ってた？」

と、美香が呑気に訊く。

圭介の耳に、そんな言葉が入るわけがない。

ただ、呆然として、座っているばかりである。

「おい、圭介、どうした？」

克巳が訊いた。

「え？――あ、いや――別に」

「顔色が悪いぜ」

「悪いけど、すぐに帰らないと……。じゃ、また、兄さん」

圭介が、よろけるような足取りで出て行くのを、美香は呆れ顔で見送った。

「よっぽど奥さんに叱られたのかしら」

克巳は、首を振った。

「いや――そうじゃあるまい」

「じゃ、どうして？」

「よっぽどのことがあったんだ」

「だったら私たちに言うわよ」

「そうだ」

克巳は肯いた。「だからよほどのことなんだ。——行こう」

「どこへ？」

「圭介の家だ、決まってる」

克巳は、金を置いて、さっさと歩き出した。

「ちょっと——待ってよ！　克巳兄さん！　ねえ、待って」

美香は、あわててバッグをつかむと、克巳の後を追ってバーを飛び出した。


「——やあ、もう大分遅くなったね」

と、正実は言った。

正実と太田リル子。——お見合いをした部屋で、そのまま延々と話し込んでいたのである。

「まだいいわよ」

と、リル子が時計を見た。「早いじゃないの」

「いや、君はまだ十九歳だろ？　九時にはベッドへ入らなきゃ」

リル子は吹き出してしまった。

「ああ、面白い人ね！　本当に、あなたって」

「どうも、僕は時代が少しずれてるらしいんだ」

と、正実は頭をかいた。「君は、美人だし、さぞもてるんだろうねえ」

「私？　そうね。——ま、人並み以上にゃもてるでしょ」

と、リル子はアッサリと言った。

「僕の話じゃ退屈だったんじゃない？」

「ウーン、面白いとは、お世辞にも言えないわね」

と、リル子は肯いた。

何しろ、正実の話ときたら仕事の話——つまり、犯罪の話とか、犯人がどう哀れだったかとか——ひたすら暗い話に終始していたのである。

自分の話、といっても、真面目人間の正実である。

子供のころから、かけっこが遅かったとか、今でも十メートルしか泳げない、自転車に乗ると必ず倒れる、射撃は下手、柔道でも年中足を挫《くじ》いてる……。

要するに、「いい話」がないのである。

しかし――これが、リル子にとっては、新鮮だった。

何しろ、リル子の周囲の男たちと来たら、自意識過剰の認識不足で、鼻もちならないタイプばかりなのだ。

正実はその正反対なのである。

「この後、もし約束があるんだったら、送って行くよ」

と、正実は言った。

「変なの」

リル子は笑って、「他の子と待ち合わせたホテルへ送ってくれるっていうの？」

「どこのホテル？」

「行くことないわ。今、いるんだもん」

「それもそうか。――でもね、君をお宅へ送り届けないと」

「宅配便じゃあるまいし。大丈夫よ」

「いや、それは僕の義務だからね」

リル子は、ヒョイと立ち上がると、隣りのベッドルームのドアを開けた。

「――へえ。なかなかすてきよ。見て」

正実も来て、中を覗く。

「そうだね」

「ね、せっかく借りてあるんだから、使って行かない？」

と、リル子が言った。

「使う？」

「そう。――私のこと、抱いてみたくないの？」

正実はキョトンとしている。リル子が、いきなり正実の唇にギュッと唇を押しつけた。

「――もう！　鈍いんだから」

「しかしね――僕と君は夫婦じゃないよ」

「いいじゃないの、そんなこと」

「今日会ったばかりだ」

「構やしないわ」

「そんなこと――」

「女が構わないって言ってんのに、男が断わるの？　そんなの、聞いたことないわ」

「恋人同士でもないのに、そんなことしちゃいけないんだ！」

と、正実もむきになって言った。

「石頭！」

リル子は頭に来て、「これでも？」

ツカツカとベッドの方へ歩いて行くと、いきなり、自分でワンピースの胸元を、力をこめて、ビリッと引き裂いた。

「君！　何するんだ？」

正実が目を丸くした。

「もし、私のこと抱いてくれないんだったら、電話してガードマンを呼ぶから。そして、あなたに暴行されそうになった、って言うわ」

「何だって？」

「それがいやなら、私のこと、抱いて！」

――どうも妙な状況である。

正実は、リル子が服を脱ぎ始めるのを見て、

「待て！　ちょっと待て！」

と叫んだ。

「もう手遅れよ」

裸になったリル子は、ツインベッドの一つにスルリと潜り込んだ。「観念しなさい」

正実は、テーブルの方へ取って返した。そして、デザートに使ったナイフを握って戻って来たのである。

正実《まさみ》の幸運

ナイフを握りしめ、何かを思いつめた形相で正実がベッドルームへ入って来たとき、リル子は、一瞬後悔した。

こんなことするんじゃなかった！

リル子としては、正実にある意味で（恋とは、ちょっと違うかもしれないが）、心をひかれるところがあったから、いっちょ、一緒に寝てやろうと思ったのだった。

しかし――今、やっとリル子は気付いた。この男、まともじゃないんだわ！

きっと、女に対して憎悪の念を抱いてるんだ。女の裸を見ると殺したくなる、という変質者かもしれない。

いやだ！　まだ死にたくないわよ！

リル子は、毛布をつかんで、正実をにらみつけた。

「何するのよ！」

「見りゃ分かるだろ」

正実はナイフを――果物ナイフでは、あまり迫力がなかったが――握りしめると、言った。

「あなた、そんなことして――」

「いいさ。僕の命なんだから」

リル子は、キョトンとして、

「え？」

「もし君が、どうしても僕をベッドへ連れ込むというのなら、僕は自分の胸を刺して、死ぬ」

「ちょっと――ちょっと待ってよ！」

リル子は、あわてて言った。「私を殺すんじゃないの？」

「君を殺す？」

正実はムッとした様子で、「僕は警官だぞ。どうして君みたいな可愛い、すてきな娘《こ》を殺したりするんだ？」

「可愛くて、すてき？」

「そうとも。僕は君の写真を一目見たときから、君に恋してたんだ」

どうも話がおかしい。

「それなら——どうして私を抱かないの？」

「君を傷つけたくないからだ」

リル子は、ため息をついて、

「あのねえ、私——失望させるかもしれないけど——これが初めてってわけじゃないのよ。二人目でも三人目でもないわ。結構遊んでるのよ。そんなこと心配しなくたって——」

「僕の気持ちが許さないんだ」

と、正実は、頑《がん》として主張した。「僕は、君が遊びの気持ちでいる限り、君を抱いたりしない。僕のことを君が本気で愛してくれたら、そのときは——。でも、そんなときは来ないだろう」

リル子は、まじまじと正実を見つめていた……。

「僕は美男子でもないし、頭も良くない。運動神経も鈍いし、出世の望みもない。君の周囲の男の子たちに比べりゃ、パッとしないもいいとこだよ」

ま、そりゃそうだわ、とリル子は思った。

でもね、女が男に恋するってのは、そんなもののせいばかりじゃないわ。私みたいな「遊び人」でもね。

「――分かったわ」

リル子は、微笑んだ。「ナイフを置いて来てよ、ともかく」

「服を着るかい？」

リル子は笑い出しながら、

「服を脱げって脅迫《きようはく》されることはあるかもしれないけど、着ろっておどされるなんて――」

「おどしてやしないよ」

正実は肩をすくめて、「こっちがおどされたんじゃないか」

「本当に面白い人ね、あなたって」

リル子は、ベッドから手をのばして、電話をつかんで来た。「――家へかけて、着るものを持って来てもらうわ。引き裂かれた服じゃ帰れないもの」

「そうだね」

「それとも、下着まで一揃い買って来てくれる？」

リル子は、いたずらっぽく言ってから、「やめといた方がいいわね。あなたが選んだら、尼さんの服でも着せられそうだわ」

と笑って、受話器を取り上げた……。

圭介は、ぼんやりと我が家のリビングに座っていた。

もちろん、酔いはすっかりさめてしまっている。——もう、帰って来て十五分ぐらいたっていた。

まさか。——まさか。

こんなことが起こるなんて！

家へ帰り着くまで、圭介は、これが何かの間違いで、なんだ、と笑って済ませられるんじゃないか、と思っていた。

よく考えれば、そんなわけはないと分かるのだが、しかし、万が一に望みを託していたのも、また無理からぬことだった。

だが、やはり、帰ってみても、岐子は、

「お帰りなさい」

と出て来なかった。

圭介は、五回も家の中を見て回った。

もちろん、岐子はどこにもいない。

玄関の鍵も、開いたままだった。——岐子なら、決してそんなことはしない。

圭介は呆然としていた。

いつもの岐子なら、自分で何とか工夫して逃げ出して来るという可能性もあるが、身重ではそれもできない。

「どうしよう……」

圭介は、頭をかかえて、呻いた。

「——圭介」

突然声がして、圭介はワッと飛び上がりそうになってしまった。

「兄さん！」

克巳が立っていたのだ。そして、美香もリビングへ入って来る。

「何があったんだ？」

と、克巳は言った。

「いや——別に」

「何があったんだ」

克巳はくり返した。圭介は、ため息をついて、

「岐子が……さらわれたんだ」

と言った。

「相手は？」

克巳も、見当はつけていたようだ。

「分からない。男の声だったけどね。――その内連絡して来ると言ってたよ」

「岐子さん、お腹が大きいのに……」

美香が、首を振って言った。「ひどい奴だわ！」

「心当たりはないのか！　このところ、何か妙な奴がうろついてたとか」

圭介は、うちの家族以上に妙なのはいないよ、と言おうとして、何とか思いとどまった
……。

「ないよ。ともかく、岐子を無事に取り戻さないと」

「もちろんだわ」

美香が言った。「でも、お金目当てかしら？」

「そいつはどうかな」

と、克巳が言った。

「じゃ、他に目的が？」

「たぶんな」

――克巳には、見当がついていた。

母、香代子の店が爆破され、正実の名をかたった男がいる。正実が護衛していた男が殺された。

そして、今、圭介の妻が誘拐《ゆうかい》された。

これは、偶然ではない。

誰かが、早川家の全員を、狙っているのだ！

一体何者だろう？

「――向こうの連絡を待つしかないな」

と、圭介が、ちょっと投げやりな調子で言った。

「そうだな」

と、克巳は言ったが、内心、この件は、俺がかたをつけるしかない、と思っていた。

圭介は、何といっても、この早川家で一番真面目に働き、まともに暮らしている。その圭介に火の粉がふりかかったのである。

すまないな、圭介、と克巳は内心、手を合わせた。

しかし、俺が、絶対に岐子さんを死なせたりしないぜ……。

――美香は、台所へと一人で入って行った。

夕食の仕度が、きちんとしてある。

岐子も、独身時代は美香に劣らず冒険好きな娘だった。しかし、今は母になる日を待っている。

表情は、ほとんど変わらないが、美香は猛烈に怒っていた。

もちろん、自分も違法なことをやっていないわけじゃない。しかし、人を誘拐するなんて――それも、身重の女性を！

許せない！　美香の瞳に、怒りの火が燃え上がった。

圭介兄さん。私が岐子さんを取り戻してあげるからね！

美香は心の中で、そう呟いた。

そのとき、電話が鳴り出して、圭介はハッと青ざめた。

「出ろよ」

と、克巳が言った。「俺がそばで聞いてる。よく聞こえないと言って、できるだけ大きな声でしゃべらせるんだ」

「分かった」

圭介は、受話器を上げると、恐る恐る、耳に当てた。克巳がピタリと身を寄せて、一緒に耳を傾けた。

「もしもし」

と、圭介が、こわばった声を出す。

「やあ、兄さん？」

——正実の声だ。

圭介は、体中で息をついた。

「お前か……」

「いや、うちにかけても誰も出なくてさ。そこにいるの？」

「うん」

「何だ、やっぱりね」

正実は呑気なものである。「そうじゃないかと思ったんだ」

「お前な——」

「いや、今日はありがとう。僕もおかげで大分元気が出たよ」

「そうか。そりゃ良かった」

「今、彼女を自宅まで送ったところなんだ。克巳兄さんに、そう言っといてくれる？」

「分かった」

「じゃ、これから、少しぶらついて帰るよ」

「ああ。気を付けてな」

「大丈夫さ」

——電話が切れると、圭介はひどく疲れた気がした。

「あいつはまあ、うまくやったようだな」

と、克巳が言った。

「正実には？」

と美香が言った。

「だめだ」

克巳は即座に首を振った。「あいつは大々的に捜査網を張るに決まってる。悪気はなくても、そういうやつだ」

「そうね」

「ここは俺たちだけで解決しよう」

と、克巳は言った。「大丈夫。この三人が揃えば、怖いものなしだ」

「そうね」

美香が肯いた。

圭介は、複雑な心境だった。——そりゃ、兄妹の思いやりの心は美しいが、何しろ、「殺し屋」と「詐欺師」、そして「弁護士」という三人組なのだ。

一体どうなっちまうんだろ？

圭介は、ため息をついた……。

正実は、圭介への電話を終えると、夜の町を、ぶらぶらと歩き出した。

これは、全く珍しいことだった。

何しろ、真面目人間の正実、用もないのに、夜、ぶらつくなんて、極めて不道徳なことだと考えていたからである。

刑事だから、あまり夜早く仕事が終わることもないので、そんな機会もなかった。

しかし、今夜は——ともかく、少し歩きたい気分であった。

「リル子、か……」

と、正実は呟いて、「——ん？　ルリ子だっけ？　いや——リル子？　リ子ル？　まさかね。リル——子だったよな、確か」

頼りない話である。

詩人のリルケなんて知る由もない正実としては、考え出すと分からなくなってしまうのだった。

正実は、公園の中に入った。

駅に沿って造られた、細長い公園で、たぶん川に蓋をして、その上を公園にしたのだろう。

歩いて行くと、ベンチで、恋人同士、肩を寄せ合い、抱き合ったりキスしたり、と忙しい。

こんな光景も、いつもの正実なら、

「軽犯罪法違反だ！」

と怒るところだが、今夜は、チラチラと横目で眺めるくらいで済んだのだった。

ま、早く言えば、正実はリル子に恋していたのだ。

リル子の方も、意外や（！）、そう悪い気持ちでもないらしい。

現に、リル子を自宅（といったって、大邸宅だが）へ送って、別れるときも、

「おやすみ」

と、リル子の方から、正実に素早くキスしてくれたのだ……。

正実は、幸せだった。

本来、単純な性格なので、落ち込むのも、舞い上がるのも早いのである。

しかし——結婚となると。

何といっても、正実は安月給の刑事である。

相手は大金持ちの一人娘。

「あ、そうか」

と、正実は呟いた。「俺は一生結婚しないんだっけ」

――ベンチに、一人で座っている男がいた。

正実が、その前を通り過ぎると、少し間を置いて、立ち上がる。

正実は、大きく深呼吸をして、空を見上げた。

その男は、正実のすぐ後ろへ、そっと歩み寄ると、――パッと飛びかかろうとした。

いきなり、上衣の内側へ手を突っ込まれて、正実は仰天した。

「おい！　何するんだ！」

と――ドン、と短く詰まったような音がして、正実のポケットから財布を抜き取ろうとした男が、ガクッとのけぞった。

「おい。――おい」

正実は、戸惑った。「どうした？――おい？」

男が、ズルッと滑るように、崩れる。

正実はあわててかがみ込んだ。

「おい！　しっかりしろ！」

と、男を抱き起こしたが……。

その背中に、ヌルッとした感触。――血だ。

「撃たれたな！」

あの音は銃声だったんだ。消音器をつけていたのだ。

タッタッと足音が遠ざかって行く。

もう間に合うまい。

「おい！　誰か！」

正実が怒鳴ったので、近くのアベックが、みんなギョッとした。

「救急車を呼んでくれ！――早くしてくれ！」

正実の声は、およそ場違いな夜の中に、消えて行った……。

「久子さんねぇ……」

と、その主婦は、しみじみとした口調で言った。

「気の毒なことしたわ、本当に」

「ご主人は大学の先生だったとか」

と、克巳は言った。

「そう。そうなのよ。といっても、講師だったの。教授とか、助教授とかじゃなくて、ただの講師。およそ出世しそうなタイプじゃなかったのよね」

「それも久子さんには不満だったんでしょうね」

「そうね。いくらかはあったでしょうね」

と、その太った主婦は、わけ知り顔で、肯いた。

——克巳は、いつものきちんとした背広姿ではなく、ジャンパーにジーパンという格好だった。

三十八歳という年齢にしては、体型もスマートなので、こういうスタイルが、それなりにさまになる。

週刊誌の記者というふれ込みなのだ。

「あ──私、ちょっと甘いものが欲しかったのよね」

と、その主婦は、パーラーのメニューを見て言った。

「どうぞ、何でも取ってください」

と、克巳は言った。

「そう？」

「経費で落とすんですから。ご遠慮なく」

「それじゃ──」

と、その主婦は、ウェイトレスを呼んで、

「私ね、スパゲッティとチョコレートパフェとココア」

克巳が、ちょっと目を丸くした。

──神田正一。あの、浮気した妻を殺し、看護婦と一緒に殺されてしまった男だ。

その殺された妻の方──久子と、親しかった主婦を、何とか捜し当てたのである。

神田正一は、久子の浮気相手を、正実だと信じていた。――それがなぜなのか、克巳は知りたかったのである。

誘拐された岐子の行方は、まだつかめないままだ。犯人の方からも、何の連絡も来ていない。

圭介は、仕事を休んで、一日中、電話の来るのを待っている。

しかし、岐子が誘拐されたのは、克巳たちの母、香代子の店が爆破されたこと、正実の命が狙われたこと――身代わりに浮浪者が撃たれて死んだが――とも、関係している、と克巳はにらんでいた。

神田久子の浮気の相手がつき止められたら、そいつがなぜ、正実と名乗ったのか、そこから解決の緒《いとぐち》が見えて来るかもしれない。

克巳はそう考えたのである。

「――久子さんね、色々と悩んでたのよ」

と、その主婦は言った。

「というと……」

「私には打ち明けてくれたけど、まあ他の人は知らないでしょうね」

スパゲッティの皿を、信じられないスピードで空にすると、その主婦は言った。

「つまり、警察も？」

「当然よ。訊きに来ないんだもの」

「そりゃそうですね」

「私だって、亡くなった人のこと、あれこれ言いたくないわ。分かるでしょ、その辺のことは？」

「ええ、よく分かります」

克巳は、「あ、ちょっと――汚れが」

と、紙ナプキンで、その主婦の手もとを拭くふりをして、小さく折りたたんだ一万円札を、その袖口の中へ滑り込ませる。

「あら、まあ、どうも」

主婦は、ちょっと咳払いして、手をテーブルの下に入れた。

「久子さんの悩みというの――はご主人のことで？」

「ええ、もちろん。あのご主人、まだそんなに年齢《とし》じゃないのに、あっ、あっちの方が全然だめだったんですって」

と、声をひそめる。

「なるほど」

「ねえ、久子さんはまだ女盛りですもの。あんな風に放っておかれたら……」

「そりゃ気の毒ですよね」

と、克巳は肯いた。「浮気するのも、仕方ありませんね」

「そう。でもね——ただの浮気じゃなかったんですよ」

と、思わせぶりな口調。

「というと？」

「あの奥さんね、サークルに入っていたんです」

「サークル？　お茶とかお花とかの？」

「それは表向きで、要するに浮気するためのサークルなんですわ」

「はあ……。そりゃ凄《すご》い！」

克巳は、急いでメモを取った。

「親しい奥さんたちと、昼食会と称して、どこでどう捜して来るんだか、若い男の子たちと出かけてたんですよ。ちゃんとホテルまで予約してあったんですって」

「なるほど。すると、例の浮気相手というのも、そこで知り合った——」

「そうなんですの」

と、その主婦が肯く。

それでいて正実の名をかたっている。——ふざけた奴だ、と克巳は思った。

そんな所に刑事がいるわけがあるまい。

「私、久子さんが撃たれる少し前に、打ち明けられていたんです」

「というと？」

「ええ……。でも、お話ししていいのかしら？　亡くなった人の名誉に——ま、どうもすみません、また汚れてました？　いえね、久子さん、その相手と『本気』になってしまったんです」

「ほう」

「つまり、お互いに愛し合って、離れたくない、と。——でも、男の方はどうだったのかな、と思うんです。たぶん、久子さんから、色々巻き上げるための口実で」

「で、久子さんはその男のことを——」

「ご主人にね、しゃべっちゃったんですよ。あの人、正直だから。根が真面目な人なんですよね」

「なるほど」

と、克巳は肯いた。

してみると、神田が、正実のことを（本物ではないが）知っていたのも、納得《なっとく》がいく。

「久子さんは、殺されたときも、その男と待ち合わせていたんでしょうか？」

「もちろん、そうだと思いますわ」

――惜しいことをしたな、と克巳は思った。神田が久子を殺した後、少し待っていれば、その偽の正実が現われたかもしれない。

ま、あのときは下にリル子を待たせていたから、仕方なかったのだが。

「相手の男が、どんな男だったのか、久子さんから聞いておられませんか」

「さあ……。具体的にはねえ。ともかく、若くて、情熱的で、そりゃあすてきな人なのよ、って言ってたけど。恋なんてしてるときは、たいてい誰でもそう見えるもんでしょ」

「しかし、その男も、もともとは、そのサークルの相手の一人だったわけでしょう？」

「ええ。特に気が合っちゃったのね、きっと。それとも、肌が合った、というか。――フッフ」

と、その主婦が何だかいやらしい笑い方をしたので、克巳はゾッとした。

「どうでしょうね」

と、克巳は、手帳をめくったりしながら、「そのサークルに入っている奥さんを、一人紹介していただけませんか」

「まあ、そんなこと！」

と、相手は、ちょっと驚いて見せた。「とても無理ですわ。万一、そんなことを書かれたら――」

「書いたりしませんよ」

克巳は請け合った。

「本当に？」

「ええ。久子さんの相手の男というのに、会ってみたいんです」

「あら、どうして？」

「いい話ですよ。遊びのつもりの仲が、いつしか本物の恋になる。これはやはり、お互いに、まだ内に燃えるものを秘めていなくては無理なことですから」

「そう。そうなのよ！」

と、その主婦は、得たり、とばかりに、「私たちはまだ若いのよ。そうでしょう？」

「ええ、もちろんです」

と、肯くには多少の努力を必要とした。

「そりゃ、十八や十九の女の子のようにはいかないけど、でも、これぐらいの年齢《とし》の女には、若い娘にはない、大人の魅力があるもんなのよ」

「そうですね」

「そこを、亭主は分かってないの。うちのなんか、まるきりだらしないんだから！」

と、勝手に怒っている。

「あの——もしかして」

と、克巳は恐る恐る言った。「あなたも、そのサークルに？」

「失礼ね！」

と、その主婦はキッとなった。

「あ、いや、申しわけありません」

あわてて克巳は謝った。

「でも——本当はそうなの。どうして分かった？」

いかに冷静沈着な克巳も、危うく椅子からおっこちるところだった……。

「い、いや——お見かけしたところ、とても活き活きしていらっしゃるんで、もしかしたら、と……」

「まあ、さすがに、ジャーナリストの方は、目が鋭いわ」

「いや、まあ」

と、克巳は照れたふりをした。

「でもね、私がそのサークルに入ったのは、ごく最近なの。だから、例の男の子のことは知らないのよね」

「誰か古いメンバーの方で……」

「そうだわ。ちょっと待って」

と、立って行くと、店の電話で、どこかへかけている。

「やれやれ……」

克巳はハンカチを出して、汗を拭った。冷や汗である。

「やっぱり俺は独身でいよう」

と、克巳は改めて決心した……。

「——お待たせ」

と、その主婦は席へ戻って来ると、「私の仲のいい奥さんがね、今日はデートの日なの」

「はあ」

「その相手が、例の男の子のはずなんですって」

「本当ですか！　そいつは都合がいい」

「この前、会ったときにね、そんなことを言ってたの。彼女に話しといたから、待ち合わせの場所へ行ってごらんなさい」

「分かりました。いや、本当に助かりましたよ」

克巳はまた一万円札を、伝票の下へ潜り込ませて、

「じゃ、私はこれで――。待ち合わせ場所というのは？」

「この近くのN小学校の裏手」

「小学校？」

「一番人目の少ない所なの」

「なるほど」

「裏門の前に空地があるの。そこへ車が来るのよ。一時にね」

「分かりました。色々どうも」

と、立ち上がると、

「ねえ――」

「は？」

「どう？　今度、私とちょっと付き合わないこと？」

克巳は早々に逃げ出したのだった。

私は、久子さんとは違う。

「そうだわ。何も心配することなんかないんだわ」

上坂育子《かみさかいくこ》は、そう口に出して呟いた。

小学校から、カーン、コーンとチャイムの音が響いて来る。

一時五分前。——みんな、午後の授業のために、教室へ入って行くのだろう。

上坂育子の子供も、このN小学校に通っている。今、五年生。

まさか、母親が裏門のすぐ近くで、車が来るのを待っているとは——しかも、浮気相手の車を——思ってもいないだろう。

女の子だが、五年生ともなると、もう「不倫」だの「浮気」だのということも、分かって来ている。

TVのドラマで、年中そんなのをやっているのだ。分かって当然だろう。

時には、育子をからかって、

「ママ、たまには浮気したら?」

なんて言ったりする。「パパ、もっと早く帰って来るかもよ」

育子は、内心ドキッとしながら、笑っているだけだ。

夫はいつも帰りが遅い。もちろん仕事だ、と言っているし、育子もそう信じていた。

しかし——こうして、あのサークルに入り、時々、浮気していても、夫がまるで気付かないのを見ていると、逆に、夫が浮気しても自分には分かるまいと思えて来た。

そうなのだ。思ってもみないことだったが、自分が浮気すると、夫のことも信じられなくなってしまう。

やめよう。――初めての浮気の後、本気でそう思った。

でも、仲間の奥さんたちの手前、一人で抜けるというのも……。

あと一度だけ。もう一回だけ。

そうして、回を重ねて――彼に会ったのだった。

それまで、育子の相手は、その都度《つど》変わっていた。いわば、アレンジしてくれるリーダー格の主婦がいて、その人が適当に決めていたのである。

しかし、彼に会って、初めて育子は胸のときめきを覚えた。終わった後になって、たまらなく自分がいやになる、ということも、なかったのである。

「この前の人がいいんですけど――」

と言った育子に、リーダーの主婦は、ちょっと微笑んで、

「用心してね。神田久子さんの二の舞いにならないように」

と言った。

そこで初めて、彼が、久子の相手だったのだと知った。

もちろん、久子の場合、夫ともうまく行っていなかったし、子供もなかった。

でも私は主人とだって、うまくいってないわけじゃない。それに娘もいる。

今の生活を、こわしたくはないんだ。

ただ……。ただ、ほんの気ばらしに。

しかし、育子にも、それが口実だということは分かっていた。

彼を待つ、その気持ち。この胸苦しさは、長く忘れていたものだった。

これは恋じゃないのかしら？

今になって？　でも――恋に年齢なんかないんだ。

育子は、ふと思い出した。――誰か、週刊誌の記者が会いたい、とか……。

でも、もしばれたら困るわ。もちろん、そんな心配がないから、あの奥さんがOKしたんだろうけど。

誰もいないじゃないの。

車の音がした。――彼の車だ！

育子の胸は、激しくときめいた。

謎の男

「動くなよ」

と、その男は低い声で言った。「テーブルの下で、拳銃が狙ってるぜ」

香代子は、別に顔色一つ変えなかった。

といって、何か打つべき手を考えていたというわけではない。

いくら香代子でも、千里眼ではない。

爆破された店の改装のためにやって来たインテリアの業者が、実は殺し屋だったと見破っていたのではなかった。

ただ、いつこんな目にあっても、おかしくない状況ではあったのである。

——いつものSホテル、午後のラウンジだった。

もちろん周囲には大勢客がいる。相手にだって、それくらいのことが分からないはずがない。

二人の手下――小判丈吉と土方は、それぞれ、当たりをつけに出歩いていた。

香代子が我が身の安全を第一と考えるのなら、二人のどちらかをそばに置いておけばいいのだが、今はそんな時ではない。

圭介の妻、岐子が誘拐されたことは、もう香代子の耳にも入っていた。

その犯人は――たぶん、自分の命を狙った誰かだろう、と香代子は思った。だから、一日でも早く、手がかりをつかむ必要があったのだ。

何といっても、こういう「影の世界」の争いに、岐子のような堅気《かたぎ》の人間を巻き込むことが、香代子には許せなかった。

「じゃあ、早く撃てば？」

と、香代子は言った。

「なるほど」

と、その男は、ちょっと笑った。「いい度胸だな」

「誉めていただくのは嬉しいけど――」

と、香代子は、ため息をついて、「腕は確か？　一発で仕留めてくれないといやよ」

「残念ながら、今は殺さねえよ」

と、男は言った。「にこやかに笑いながら、ここを出てもらおうか。一緒に行ってほしい所があるんだ」

「地獄の一丁目？」

「面白い奴だな」

と、男は、アタッシェケースの蓋を閉じた。「いいか、コートの下から狙ってるぞ。——妙な真似をするなよ」

「いちいちうるさいね」

と、香代子は顔をしかめた。「素人を相手にしてるんじゃないよ。妙な真似をさせないのがあんたの仕事だろ」

男はムッとした様子で、

「口のへらない奴だ」

と言った。「じゃ、立って——」

男が言葉を切ったのは、ウェイトレスが一人、足早に香代子たちのテーブルへとやって来たからだった。

「早川さん！」

「あら、みっちゃん、どうしたの？」

何しろ、ウェイトレスの一人一人まで、よく知っているのだ。

「あの——お電話が。急用ですって」

「あら、そう」

香代子は、男の方を見た。

「大至急だとおっしゃってますけど——」

「そう」

香代子は、じっと男を見つめた。——男は諦《あきら》めた。

「では、ご多忙のようですから、失礼します」

パッと立ち上がり、営業マンの顔に戻って、一礼すると、足早に立ち去った。

香代子は、ホッと息をついて、

「じゃ、電話に出ようかね」

と立ち上がった。

「ごめんなさい」

と、そのウェイトレスが言った。「電話は嘘です」

「え?」

「早川さんが悪いセールスマンにからまれて困ってるから、助けてあげなさい、って言われて」

「まあ」

香代子は目をパチクリさせて、

「そうだったの。本当よ。助かったわ。でも——誰がそんなことを？」

そのウェイトレス——美津子《みつこ》といったが——は、フフ、と笑って、

「私の彼氏なんです」

と言った。

「へえ！　いつか言ってた、歌手志望の男の子？」

このホテルの従業員の「人生相談係」になっている香代子である。そういうことには詳しいのだ。

「いいえ！　あの子はだめ。うわっついてて。二カ月ぐらい前に別れちゃった」

「あら、そうだったの。知らなかったわ」

危うく殺されるところだったくせに、呑気なものである。

「今の彼は、ぐっと大人」

と、美津子は言った。

「へえ。年上？　妻子持ちじゃないでしょうね」

と、香代子は笑って、「——お礼を言おうかしら。どこにいるの？」

「あそこに——あら」

と、レジの方を見て、「どこへ行っちゃったのかしら」

「じゃ、私、もう少しここにいるから——」

「ええ。後で来させます。早川さんに会っていただきたくて」

「さては、惚れたわね」

「ええ。——もうベッタリ」

美津子は、ちょっとウインクして見せると、急に真面目な顔に戻って、「お客様、コーヒーのおかわりはいかがでしょうか?」

と言った。

「お願いします」

「かしこまりました」

——香代子は、美津子がコーヒーをついで立ち去ると、

「今の若い子は……」

と、笑いながら呟いた。

しかし、その「彼氏」というのが、どうも分からない。

香代子が、しつこいセールスマンにからまれていた、と言ったらしいが、さっきのあの

様子を、どこで見ていたのか——普通の目には、そんな風に見えたはずがないのである。

「分からないわ……」

と、香代子は首を振って、コーヒーをゆっくりと飲んだ。

「——早川さん」

と、美津子がやって来た。「お客様です」

その男性を残して、美津子がレジの方へと戻って行く。

その男は、香代子の向かいの席に座った。

「危ないところを、助けていただいて」

と、香代子は言った。「何とお呼びしたらいいのかしら、福地《ふくち》さん？」

「福地のままで結構ですよ」

と、その男は言って、微笑むと、「お久しぶりです」

「本当ね」

香代子は、笑顔になった。

——以前、〈ホテルＶＩＰ〉を舞台に、宝石を巡《めぐ》る争奪戦があった（早川一家が活躍した前作『ひまつぶしの殺人』参照）。そのとき、〈ホテルＶＩＰ〉のフロントにいた「謎の男」が、この福地なのだった……。

「ホテルＶＩＰの方は？」

と、香代子は訊いた。

「経営者が変わりましてね」

と、福地は言った。「一向に面白くないので」

「じゃ、このホテルへ？」

「はい。昨日付で、入社しました。――もっとも、美津子と親しくなったのは、一カ月ほど前になりますが」

「まあ。じゃ、ご一緒できるわね、ちょくちょく」

「びっくりしましたよ。早川さんがこちらへ店を出しておいでとは」

と、福地は言った。

「知らなかったの？」

「存じませんでした。本当です」

と、香代子は楽しげに言った。「ともかく、お礼を言いますよ」

「信じておくわ」

「いや、けしからん奴ですね、あなたを狙うとは」

と、福地は言った。

「このところ、どうもね」

と、香代子は首を振った。「嫌われているようなの」

「聞きました。お店のことも」

「大変な損害よ、――他にも色々とあってね」

「充分に用心なさった方が……」

「私はいいの。もう先が知れてる。ただ――子供たちがね」

「良くありませんよ。まだまだ頑張っていただかないと」

「あなたがこのホテルにいると思うと、心強いわ」

「いささかなりと、お役に立てれば」

と、福地は、胸に手を当てて、頭を下げた。「少なくとも、さっきの男は、当分大丈夫でしょう」

「あら、どうして？」

「ホテルを出た所で、車にはねられまして、足の骨を折ったようです」

「まあ、気の毒に」

「都会は物騒です。よく左右を見て歩きませんと……」

福地は、真面目くさった顔で、そう言ったのだった……。

「――帰らなきゃ」

と、育子は言った。

彼は、何も言わなかった。

「もう時間ね」

育子は、時計を見た。

もう、約束の時間は過ぎている。――よく分かっていた。

上坂育子は、ホテルのベッドの中で、まだ汗ばんでいる肌が、少しずつ冷えて行くのを、じっと待っていた。

どうして――どうしてこんなに、時間のたつのが早いのかしら？

彼と過ごすこの時間が。まるで、ほんの数分のような気さえする。

実際には、ちゃんと約束通りの二時間が、過ぎているのだ。

「――ねえ」

と、育子が言った。

「うん」

「私のこと……もう、会いたくない？」

彼は、素気《そつけ》ない調子で、

「俺はいいよ。誰が相手だって、同じことさ」

と答える。

育子は、失望した。

彼も、ぜひあなたと会いたい、と言ってくれるのじゃないかしら……。そう思っていたのだ。

でも、そんなはずはない。

そう。――これでいいんだ。

のめり込んで、神田久子さんのようになるのだけは、避けなくては……。

「――もう帰らなきゃいけないんだろ」

と、彼が言った。

「ええ」

育子は、ベッドから出た。

バスルームへ入り、シャワーを浴びていると、彼が入って来た。

「どうしたの？」

育子は、シャワーを止め、バスタオルを胸に当てた。

「いや……。俺、別に、あんたを追い返したいわけじゃないんだよ」

彼は、ちょっと後悔している様子だった。「ただ――遅くなると、あんたが困るだろうと思ってさ」

育子は、微笑んだ。

「ありがとう。――優しいのね」

「そんなことねえよ」

と、彼は肩をすくめた。

育子は、幸せな気分になって、部屋の中へ戻った。

彼がシャワーを浴びている。その音を聞きながら、育子は服を着た。

今から帰れば、娘の帰りにも間に合う。

夕食の買い物もして、ちゃんと料理もやれるのだ。夫も、疑うまい。

彼がバスルームから出て来て、服を着た。

「送るよ」

と、ポツンと言う。

「ありがとう、でも、近くまではね」

「分かってる。――この前の所でいい?」

「ええ。スーパーが近いから、あそこが便利なの」

育子は、バッグを手に取ると、中から財布を出した。一万円札を抜いて、彼のジャケットのポケットへ入れる。

「いいよ。──ちゃんと、あっちからもらってる」

「取っておいて。また、会ってほしいから」

彼はその札を、育子の手に握らせた。

「こんなことしなくたって、ちゃんと会うよ。──きりないぜ。こんなことしてたら」

「でも──」

「何か、亭主か子供に買って帰んなよ」

と、彼はアッサリと言って、「じゃ、行こう」

さっさと部屋を出て行く。

育子は、その札を手の中に握りしめていた……。

──車が道の端に寄ると、育子は、

「ありがとう」

と言った。

「この辺でいい？」

「ええ。これ以上行くと、知ってる人に会うかもしれないわ」

「じゃ、また」

「本当に会ってね」

育子は、彼の方へ身を寄せて、キスした。

彼は、ちょっと哀しげな目で、育子を見ていた。

「――どうして、そんな目をするの？」

と、育子は訊いた。

「心配だよ」

と、彼は言った。

育子は、彼から目をそらした。

「――神田久子さんのことを、考えてるの？」

「うん」

「あの人、ご主人に打ち明けたのよ」

「知ってる」

と、彼は肯いた。「もしかしたら、撃たれたのは、俺の方だったかもしれない。――遅れて行かなかったら」

「気にしてるの？」

「ああ。——あんた、大丈夫かい？」

「私は平気」

と、育子は笑った。「久子さんほど真面目じゃないの」

「そうかな」

彼の口調に、育子はヒヤリとした。

「私、主人にはうまく隠してるわ」

「そうしてくれ。——怪しまれてるかな、と思ったら、やめるんだ」

「そうね」

「家が大切だろ？」

「ええ。——大事よ。夫も子供も」

それならなぜ、ここにいるんだろう？

「それならいいんだ」

と、彼は言った。

育子は車を降りると、足早に歩き出した。

脅迫者《きょうはくしゃ》

「なるほど……」

福地は、香代子の話に、深刻な顔で肯いて、「いや、そんなことになってたんですか」

と言った。

「福地さんはどう思う？」

香代子は、コーヒーを飲みながら、言った。

——Sホテルのラウンジで、すっかり話が長引いてしまったのである。

もっとも、「長引いて」はいても、「弾んで」はいなかった。とてもそんなムードではない。

「——あら」

と、福地の恋人、美津子がやって来た。

「やあ。コーヒーをもらえるかな」

と、福地がパッと普通の顔に戻って言った。

「はい。――でも、ずいぶんお話が弾んでいるのね」

と、美津子が呆れたように言う。

「実はね、こちらの奥様とは、古い知り合いなんだ」

「ええ？」

美津子が目を丸くした。「本当ですか？」

香代子もニッコリ笑って、

「恋人じゃなかったけどね」

と言った。「つい、つもる話が長くなっちゃって」

「嬉しい！　じゃ、きっと私たち、縁があったんだわ」

と、美津子は、手放しで喜んでいる。

「――いい娘《こ》ね」

と、香代子は、コーヒーを注いで戻って行く美津子を見ながら言った。

「そうですな」

福地は肯いた。

「大事にしなさいよ。ああいう子を泣かすのは罪だわ」

「相変わらずですね」

と、福地は微笑んで、それから、真顔に戻った。

「安東さんが亡くなったのは、私も知っていました。しかし、そんな風に殺されたとはね……」

「私を狙ってるのも、同じ奴かもしれないのよ」

「その可能性はありますね」

福地は肯いた。「しかし、今の様子では、ただあなたの口を封じるのが目的でもないようだ」

「そこなのよ」

香代子は、ため息をついた。「堅気の圭介の嫁にまで手を出すとなると……。これはただごとじゃないわね」

「――及ばずながら、お力になりましょう」

「ありがとう」

香代子は素直に微笑んで、「あなたが力になってくれれば、心強いわ」

「どれくらい役に立つか分かりませんけどね」

と、福地は穏やかに笑って、「ともかく、今は、誘拐された岐子さんを助け出すことですな」

「向こうはまだ何も要求して来ていないらしいわ」

「それを待っていては手遅れですよ」

と、福地が即座に言った。

「そうね。あなたは、ホテルＶＩＰで、岐子さんのことを知っていたわけだし」

「そうです。——こういう相手には、先手攻撃をしかけるのが一番ですよ」

「先手？」

「向こうは、こっちの出方を見ているのかもしれない。こっちが動けば、向こうの思う壺にはまらないとも限りません。だから、思いもかけない方向へと動くことです」

「なるほどね」

「どうやら、向こうの標的は、あなた方ご一家のようだ。ここは、私が動いた方が良さそうですな」

と、福地は言った。

「でも、福地さん——」

「ご心配なく」

と、福地は微笑んだ。「敵も、私のことは知らないでしょう」

「それだけじゃないの。あなたも、いわば私たちの同類でしょう」

「さあ、それは——」

と、福地はゆっくりとコーヒーを飲んだ。「それに、早川さん」

「え？」

「うまくお力になれたときは、ちゃんとそれなりのお礼をいただきますから。ご心配には及びません」

香代子は、ホッとした様子で、

「そう言っていただけると、気が楽だわ」

と言った。「何なら、あなたと結婚してあげてもいいくらいだけど、まあやめといた方が良さそうね」

二人は、一緒に声を上げて笑った。

どう見ても、旧知の友人同士が、昔のことを思い出して笑っている——そんな風にしか見えない光景だった。

上坂育子は、自宅の近くまで来て、足を止めた。

「——まあ、和代《かずよ》」

小さな公園——といっても、本当に「猫の額」というほどの場所だが——のブランコに、娘の和代が座っていたからだ。

「和代。どうしたの？」

と、育子が声をかけると、

「ママ！」

和代は、ランドセルを持って、走って来た。

今、五年生だ。

「早かったのね」

「うん。最後の時間がね、先生のご用で、早く終わっちゃったの」

と、和代は言って、「ママ、どこに行ってたの？」

「え？——うん、ちょっとお友だちと会ってたのよ」

と、育子は言った。「ついでに買い物してたから。——ごめんね。大分待ってたの？」

「十分くらい」

「そう。じゃ、行きましょ」

育子は、急いで家の方へと歩き出した。

——家へ入ると、着替えをして、すぐに夕食の仕度にかかる。

妙なもので、本当に用事で出かけたときには、面倒だから、と、出来あいのおかずを買って済ませてしまうことも多いのだが、浮気して帰ったときは、必ず、こうして夕食を作る。

少しでも、後ろめたさを軽くしたいのだろうか。

「——ママ、おやつ食べていい？」

と、和代が声をかけて来た。

「少しにしといてね。すぐご飯にするから」

「はあい」

和代は勝手に戸棚を開けて、中を探っている。

「——ねえ、ママ、今日、学校の裏にいた？」

「え？」

ドキッとして、育子は手にしていたニンジンをおっことした。「——どうして？」

「うん。セッちゃんが、お昼休みにね、先生のおつかいで、文房具屋さんに行ったんだ。そのときに、ママを見たって」

「そう……」

育子は、必死で言いわけを捜した。「そう——かもしれないわ。ママ、あの近くに寄る所があったから」

育子は動揺していた。一人でいるところだけを見られたのだろうか？

もし、彼の車に乗るところを見られていたら……。

五年生ともなれば、大人のことも、大分分かって来ている。子供によっては——。

「セッちゃんって、誰だっけ？」

と、育子は言った。

「大木《おおき》さん。ほら、交差点のところの」

「ああ。——そう、あの子ね」

とは言ったものの、誰のことやら、分からない。

「セッちゃんがね、言ってたよ」

「何て？」

「和ちゃんのママ、美人だね、って」

育子は、ちょっと笑って、

「まあ——ありがとう」

と言った。「宿題があったら、早くやっといてね」

「うん」

と、和代は言って、台所から出て行く。

——育子は、息をついた。

どこで誰に見られているか、分からない。

今度はどうということもなかったが、しかし、これがもし、見ていたのが子供でなく、その母親だったら……。

あんな所で、一人で立っていたら、どう見えるだろうか。しかも、若い男の運転する車に乗って行ったりしたら。

——危険だ。

もし、その「セッちゃん」が、母親に話したとしたら、その母親だって、妙だと思うかもしれない。

これ以上、続けてはいけない。

育子は、そう思った。あの、神田久子も、こんな風にして、泥沼へと入って行ったのだろう。

もうやめなくては、これきりで。

これきりで？

育子は、優しく抱いてくれた、彼の手、胸の厚さを思い出した。

そう。——あと一度。あと一度で、やめておこう。

一度くらいなら……。

育子は、そう思った……。

電話が鳴るのが聞こえた。

「——和代、出てくれる？」

と、声をかけると、

「ハーイ」

と返事があった。

もしもし、上坂です。——一人前に、和代も電話の応対をするようになった。

少しして、和代が顔を出した。

「——ママ」

「誰から？」

「どこかのおじさん。ママに代わってって」

「はいはい。ちょっと待ってね」

育子は、タオルで手を拭いた。

「——変なおじさん」

と、和代が妙な顔をしている。

「どうして？」

「ママと間違えたみたい。——今日は楽しかったかいって、笑うの」

育子は、ゾッとした。

「きっと変な人なのよ。ママが文句を言ってやるから、あんたは部屋に行ってて」

「うん……」

和代は、妙な顔をしながら、歩いて行く。

育子は、受話器を取った。——言葉が出て来るまでに、時間がかかった。

「もしもし……」

と、育子が言うと、低い笑い声が聞こえて来る。

「いや、すっかり、勘違いしちまったよ」

聞いたことのない男の声だ。

「どなたですか。一体何のつもりで——」

「まあ待ちなよ」

と、男は遮《さえぎ》った。「あんただって、強いことは言えないんじゃないかね」

「どういう意味ですか」

「分かっているはずだ」

育子は、しっかりしなくては、と自分へ言い聞かせた。

「おっしゃることが分かりませんが」

「そうか。今日、〈ホテルA〉にいたのも知らないっていうんだね」

彼と入ったホテルだ。——育子は、めまいがした。

「それは……」

「分かってるだろう?」

「分かりません、私——」

「いいんだ。俺はね、別にあんたをゆすろうとかってんじゃない」

と、男は言った。「恋愛は自由さ。そうだろう?」

「何をおっしゃりたいんですか」

育子は、必死で気を取り直した。

「一つ、頼みがある。それを聞いてくれれば、俺は黙ってるよ」

「何ですって?」

「もし、いやだというのなら、お宅の旦那にバラしてやるぜ。会社へ電話してやろうか。仲間の誰かにしゃべってやってもいいな」

「そんなことを――」

「いやなら、言う通りにしろ」

育子は、じっと目を閉じた。――とても勝てる相手ではない、と分かった。

「――どうしたらいいんですか」

と、力なく言った。

「それでいい。――明日、一時に〈P〉という喫茶店で待ってる。分かるな?」

「駅の前の〈P〉ですね」

「そうだ」

「分かりました。明日、一時に……」

「ああ。俺の方は顔を知ってる。中をぐるっと見回せば、合図するよ」

「分かりました……」

電話は切れた。

育子は、受話器を戻すと、よろけるような足取りで、台所へ戻って行った。

――娘の和代が、そっとその様子を覗いて見ていたのには、全く気付かなかった。

玄関のチャイムが鳴った。

正実は、欠伸しながら、ノコノコ出て行った。――といって朝早くではない。もう夕方になるところだ。正実は、ソファで、ついウトウトしていたのである。

「――どなた？」

と、ドア越しに訊く。

「陣中見舞いよ」

と、その声は――。

ドアを開けると、目のさめるような（本当に、正実はパッと目がさめた）赤のワンピースを着たリル子が立っている。

「君……」

「また落ち込んでるんじゃないかと思って、来てみたの」

「そう。いや――ともかく上がってくれよ」

「うん。失礼」

リル子は、居間へ入ると、「なかなか落ちつくわね」

「まあね。――しかし、わざわざ、来てもらっても、何もないんだ」

「別に、ごちそうになりに来たわけじゃないわよ」

とリル子は笑って、「ねえ、どこかに出かけない？　パーッと騒いで、ストレスを解消しましょうよ」

「いや、やめとくよ」

と、正実は首を振った。「気持ちは嬉しいけどね」

「あら、どうして？」

「君が危ない」

「私が？　どうして？　あなた、私に襲いかかる気？　それなら大歓迎よ」

「よせよ」

と、苦笑して、「もう俺の身代わりで、二人も死んでるんだ。あの浮浪者だって――」

「また始まった」

と、リル子は言った。「あなたの反省病は深刻ね。悪いのはあなたじゃなくて、殺した奴よ。そこを間違えちゃいけないわ」

「うん……」

正実も、そう言われると、返す言葉がない。「しかしね――君にもしものことがあったら――」

「いいじゃないの！」

リル子は、いきなり正実に抱きついた。「どうせ死ぬなら、一発の弾丸で、一緒に撃ち抜かれたいわ」

「やめてくれ！」

正実は、リル子を抱きしめた。「君に死なれたら——僕は死んでも死にきれない」

どうも妙な理屈だったが、ラブシーンに、そもそも理屈はいらないのである。

人形の危機

「――ちょっとお腹が痛いんです」

と、上坂和代は、先生に言った。「昼で帰ってもいいですか?」

「あら、大丈夫?」

と、担任の先生は心配そうに言った。「今日、お母さんはいらっしゃるの?」

「はい、います」

「分かったわ。じゃ、気を付けて帰りなさい」

と、先生は言った。

「はい」

と、和代は、ホッとして、席へ戻りかけた。

「上坂さん」

と、先生が呼び止めたので、和代はドキッとした。

「はい」

「一人で帰れる？　誰か付いて行かせようか？」

「いいえ、大丈夫です」

と、和代は言った。

「そう？　じゃ、車に用心してね」

「はい」

――和代は、ホッと胸をなでおろした。

もちろん、そんな様子を顔に出してはいけないのだ。

給食の時間になっていた。和代は、帰り仕度をして、教室を出た。

五年生ともなると、体も大分大きくなっている。ランドセルが、何だかチグハグでおかしいというくらいに。

しかし、和代は比較的小柄な方だったので、いかにも小学生という印象である。

――良かった。

小学校の校門を出ると、和代はやっと表情を緩《ゆる》めた。

でも、大丈夫だろうとは思っていたのだ。和代はクラスでも真面目な優等生だし、先生にも気に入られていた。

疑われることはまずないと予想していた。

「さあ、急ごう」

と、和代は呟《つぶや》いて、足を早めた。

もちろん、お腹が痛いというのは嘘である。

ママ、もう家を出たかな。

駅前の喫茶店〈P〉。一時。

あの、変な男との電話で、ママはそう言っていた。

一人っ子ながら、しっかり者の和代は、ちょっと気の弱いところのあるママのことを、守ってあげなくちゃいけない、と思っていた。

あの電話の男は、理由は分からないけど、ママを呼び出して、おどかそうとしている。

いくら和代が子供でも、それくらいのことは分かった。

何か、その人の、他人に知られたくない秘密を知っていて、おどかす。——よく、TVの刑事物に出て来る。

まさか、そんなことがママの身に起こるとは、思ってもいなかったけれど、でも、昨日の電話は、どうみてもそういう内容だった……。

和代は、家の近くまで来て、ハッと足を止めた。ちょうどママが出て来るところだったのだ。

和代は、あわてて曲がり角に身を隠してそっと顔を出して見た。

ママは、落ちつかない様子で、足早にバス停の方へと歩いて行く。これから駅まで出れば、一時五分前ぐらいには着くだろう。

ママの姿が見えなくなると、和代は家の前まで歩いて来た。中には入れない。

和代は鍵を持って歩いていないし、ママも、外出のとき、鍵をどこかへ隠しておくということはしないのである。

でも、ともかく、ランドセルは邪魔だ。

和代は、財布の中に、バス代ぐらいには充分の小銭が入っているのを確かめてから、ランドセルを、塀越しに、庭の中へ投げ込んだ。

これでよし、と。――ママの次のバスで駅まで出るんだ！

和代は、闘志満々、元気よく歩き出した……。


上坂育子は、じっと身を固くして、喫茶店の座席に座っている。

目の前に座っている男は、育子が来てもう五分近くたつのに、何も言わない。ただ気のない様子で、スポーツ新聞をめくっているのである。

呼び出したのがこの男だということは、間違いなかった。

「やあ、奥さん」

と、一言言った声に、聞き憶えがあったからだ。

しかし、それきり、男は何も言わない。

育子は、堪《た》え切れなくなって、

「お話があるんでしたら、早くしてください」

と、押えた声で言った。

「ほう」

男は、ちょっとギラついた目に、冷ややかな笑いを浮かべて、「強気ですね、奥さん」

「いえ……私……」

「こんなものがあっても、そんなに強く出られますか？」

男が上衣のポケットから、写真を一枚取り出して、育子の前に投げ出した。

それは、育子が、彼と――あの、優しい彼とキスしているところの写真だった。

車の中で、別れぎわにキスしたときのものだ。つい、昨日のことである。

「奥さんの顔が、はっきり分かりますな。なかなかよくとれてるでしょう？」

育子は、青ざめた顔で、その写真を見ていたが、震える手で、ギュッと握りつぶした。

「いくらでも焼けますよ」

と、男は笑った。

「分かってますわ……」

育子は、目を伏せた。「おっしゃってください。――何がお望みなのか」

「簡単なことです」

と、男は言った。「私はね、女性の味方ですからね。あなたに無理なことを要求はしませんよ」

男の、穏やかな口調が、却って恐ろしかった。育子は、固く唇を結んでいた。

「そりゃあ、その気になれば、何百万もの金を要求することだって、できる。それが払えないとなりゃ、奥さん、あんたをこのまま、ホテルへ連れて行って体で払ってもらうこともね」

育子は、身震いした。――男はニヤリと笑って、

「しかし、そんなことはしませんよ。私は、とてもの分かりのいい男ですからね。――礼を言ってほしいですな」

育子は、ゾッとした。見たところは、ごく普通の四十男――ツイードの上衣にスラックスという、自由業風のスタイルだが、その、あまり特徴のない顔立ちには、どこか正気か

ら外れたものがあった。

「――ありがとうございます」

と、育子は、頭を下げた。

「声が小さい。それじゃ感謝していることにはなりませんよ」

「本当に――ありがとうございます」

育子は精一杯の声で、くり返した。

「まあいいでしょう。内気な人だ」

と、男は笑った。「あなたの仕事は、一つだけだ」

「仕事？」

「そう。――これをうまくやってのければ、奥さん、この写真のネガをお渡ししますよ」

「何をしろと……」

「あなたに会いに来る男がいる」

「男？」

「記者、というふれ込みです。実際はそんな奴じゃない。しかしね、あなたは、そう信じているふりをして、奴の取材を受ける」

育子は、ふと、思い出した。

あの、組織のリーダーになっている奥さんが、何か週刊誌の記者のことを言っていたっけ……。その男のことなのだろうか？

「それだけですか」

と、育子は言った。

「いや、肝心なのは、この次だ」

男は、ポケットから、小さなカプセルを取り出した。「これを、その男の飲み物に入れるんだ」

「――何ですの？」

「あなたは知らなくていい。ただ、男が取った飲み物――コーヒーでも紅茶でもいいが、その中に、これを、そいつに気付かれないように入れれば、それでいいんだ。――分かったね？」

何だろう？――毒薬？

育子は、ただ、肯いて、

「分かりました」

と言うしかなかった。

「その男は、今日中に、あなたの所へ電話をして来るだろう。そしたら、どこか外の店で会うようにして、こいつを飲ませる。それで終わりだ」

「分かりました」

と、育子はくり返した。

「じゃ、渡したぜ」

育子は、バッグからティッシュペーパーを出して、その中にカプセルをくるんだ。

カプセルが育子の目の前に置かれる。

「じゃ、大事に持ってるんだね」

と、男はニヤリと笑った。

「写真は、いつ返していただけるんでしょうか」

「あわてることはない。ちゃんと返すから。信用していただきたいものですな、奥さん」

「信じていますわ」

育子は、無理に言葉を押し出すようにして言った。

「そいつはいい心がけだ。人を信じるってのは、いいことだぜ」

男は、真面目くさって言うと、「帰れ」

と顎でしゃくって、また新聞を広げた。

「はい……」

育子は、立ち上がると、「あ――お代を」

と、財布を取り出した。

「いや、ここは俺がもつ。女には、優しくするたちでしてね、奥さん」

男の、絡みつくような視線が、育子の足から腰へと上がって行く。育子は、

「ごちそうさまでした」

と頭を下げると、逃げるようにして、店を飛び出した。

フン、と男は笑った。――つり針にかかった魚と同じだ。いつでも、たぐり寄せられる。

「なかなかいい女だ」

と、男は呟くと、新聞をたたんで、伝票をつかんだ。

ウェイターが、

「ありがとうございました」

と、声をかけ、育子たちのいたテーブルの、カップをさげて行った。


悪い奴だ。

和代は、喫茶店から出て来た男を一目見て、そう思った。

店の外から、ママと話している男を見ておいたのだ。人違いはしない。

男は、駅前の繁華街を、ぶらぶらと歩いて行った。

和代は、少し離れて、男の後を尾《つ》けて行く。

——逃がすもんか！

人出は多かったが、その男がのんびりと歩いているので、和代は、見失わずにすんだ。

逆に、和代にとっては、人の間に隠れていられるので有利である。

バーだの、酒場が並んだ狭い通りに来ると、昼間のせいもあって、人の姿は少なくなる。

和代は、用心して、物かげ伝いに、尾けて行くようにした。

男が、ヒョイと、曲がった。

和代は足を早めて、そこへ行ってみる。

「——あれ？」

曲がったはずなのに、道がない。でも……。

和代は、キョロキョロと周囲を見回した。と——突然、目の前の小さなバーの壁がクルッと回転するように開いて、腕がのびて来ると、和代のえり首をぐっとつかんだ。

声を上げる間もない。——和代は、中へ引っ張り込まれて、固い床の上に放り出されていた。

「——どこのガキだ？」

と、あの男が言った。

バーの中は、薄暗かった。

和代を引っ張り込んだのは、あの男ではなく、もう一人の、図体の大きな、まるでレスラーみたいな体格の大男だった。

和代は、起き上がって、

「何すんのよ！」

と、口を尖《とが》らして見せた。

「威勢がいいな」

と、あの男が笑って、「どうして俺の後をつけて来た？」

「そんなことしないよ」

「嘘をつけ」

「本当だよ」

和代は、ふくれっつらになって、「出してよ！　大声上げるからね！」

と強がって見せた。

本当はガタガタ震えるくらい、怖かったのだが。

「ここで大声を上げても、聞こえないぜ」

和代は、いきなり、

「アーッ！」

と、甲高い声を張り上げてみせた。

「うるせえ！」

大男の方が、和代の口を手でふさぐ。和代は、その手に、思い切りかみついた。

「いてっ！」

ひるんだ隙に、和代は大男の手から逃れて、バーの出口の方へと駆け出した。だが、ドアが開かないのだ。

「逃げられないぜ」

と、男は言った。

「このガキ！　よくもやりやがったな！」

大男が顔を真っ赤にして、和代につかみかかる。和代は身をかがめて、スルリと脱《ぬ》け出すと、さっき引っ張り込まれた、壁の方へと駆けて行って、思い切り体でぶつかった。

でも、ドン、とはね返されただけで、和代は引っくり返ってしまった。

「こいつ！」

大男が、和代の両足をつかんで、ぐいと持ち上げる。和代は、逆さにぶら下げられてしまった。

「離してよ！　このゴリラ！」

和代は、手足をバタつかせたけれど、しょせんかなう相手じゃなかった。

「おい、待て」

と、男が、やって来ると、「パンツに名前が入ってるな」

逆さにされてしまっているので、スカートがまくれているのだ。

「エッチ！　あっち行け！」

と、和代はわめいた。

「――ほう、上坂和代。――なるほど、あの女の子供か。ゆうべ最初に電話に出た奴だな？」

「――どうします、兄貴？」

と、大男が言った。

「おろしてくれと言ってるんだから、おろしてやれよ」

「そうですか」

大男は、和代の体を、もっと高く持ち上げると、パッと手を離した。

頭から、固い床に落とされた和代は、アッと声を上げて、そのまま気を失ってしまった。

「おい、小松《こまつ》、子供に手荒な真似はいけねえぜ」

と、男は言った。

「へえ……」

小松と呼ばれた大男は、ニヤッと笑って、「面白い人形ですな」

と言った。

風前《ふうぜん》の灯《ともしび》

「さて、どうするかな」

と、小松は言った。「ねえ、鬼沢《おにさわ》の兄貴《あにき》」

大男の小松が、体つきはごく普通の、鬼沢という男へ「兄貴」と呼びかけているのは、何となく妙な光景だった。

しかし、柄は大きいが、あまり頭の切れそうにない小松と違って、鬼沢の方は、脅迫された上坂育子が感じたように、どこかまともでないところがあって、それが見えない糸となって、相手を縛りつけるのである。

二人の間に、横たわっているのは、気を失った上坂和代だった。小学生の身で、母を脅迫した男を尾行して来るというのだから、度胸は満点に違いないのだが、残念ながら、体力の方がそれについて行かない。

——店を閉めてしまったバーの中は、薄暗かった。夜になっても開くわけではない。完全に廃業してしまっているのである。

その冷たいコンクリートの床に、和代は、手足を縛られ、口の中にはハンカチを押し込まれて転がされていた。

「困ったもんだな」

と、鬼沢は、少しも困った顔を見せずに言った。

「こんなガキじゃ、手ごめにする、ってわけにもいかねえしな」

小松が、へへ、と笑って、

「そういう趣味の奴にでも売りつけますか」

「よせ」

鬼沢は首を振った。「あの母親が、こいつがいなくなったと知ったら、青くなって、例の『仕事』どころじゃなくなるだろう」

「じゃ……返してやるんですか?」

「うむ……」

鬼沢は考え込んだ。「——あの女に言うことを聞かせるには、写真だけで充分だ。下手に誘拐だと騒がれちゃ、却ってやりにくい」

「じゃ、小包にでもして送ってやりますか」

「人形じゃねえぞ」

鬼沢は、面倒くさそうに息をついて、「仕方ねえな。あの女に電話して、子供を引き取りに来させよう」

「少し金を持って来させますか」

「それもいいが……」

鬼沢は、ふと笑みを浮かべて、「おい、どうだ、お前はあのタイプの女は好みじゃないのか？」

「俺ですか？　俺はもう、女だったら誰でも——」

小松が、パッと顔を輝かせた（つまらないことで輝くものだが）。「じゃ、このガキのお袋を？」

「そう若くはないが、なかなかの女だぞ。子供を取り返したけりゃ、言うなりになれ、と言やあ、あの女ならその通りにするさ」

「そりゃいいですねえ」

小松はもう舌なめずりせんばかりである。「じゃ、早速ホテルを予約して——」

「あわてるな。まだ家へ帰ってないかもしれん」

鬼沢は、和代の方へかがみ込むと、「しかし、こいつも、度胸だけは大したもんだ」

和代がパチッと目を開けた。――が、鬼沢は、それに気付かなかった。

「そうなったら、ちゃんと口にテープでも貼って、声が出せないようにした方がいいな」

「へえ。荷物用のテープなら、どこかその辺に――」

「貸してみろ」

鬼沢は、和代を仰向けにした。和代は、まだ目を閉じている。

小松がテープを渡すと、鬼沢は和代の口の中から、押し込んでおいたハンカチを取り出そうとした。と――。

和代が、パッと目を開けるなり、エイッとばかり、鬼沢の指に思い切りかみついた。

少し前から気が付いていて、鬼沢と小松の話を聞いていたのだった。――ママにそんなひどいこと、させるもんか！　カーッとなっていた。後のことなんて、まるで頭になかった。

「ワーッ！」

鬼沢も、この不意打ちには、こらえる余裕もなく、悲鳴を上げた。「――小松！　こいつを離せ！　小松！」

「は、はい！」

呆気に取られていた小松が、あわてて駆け寄ると、和代の口を手でぐっとこじ開けた。

鬼沢が手をやっと引っ込めたが、右手は血だらけになっていた。

「こいつ!」

鬼沢の顔が真っ赤になった。拳が和代の顔へ飛んだ。

一撃で、和代は再び気絶してしまった。

「——畜生!」

鬼沢は怒りで震えんばかりだった。痛みよりも、こんな子供に、つい気を緩めたばかりにやられてしまったという悔しさの方が大きかったのだろう。

「兄貴! 大丈夫ですか!」

「つい油断しちまった……。おい、包帯はねえか」

「この荷物テープじゃだめですか」

「馬鹿!」

「そ、それじゃ、買って来ます!」

と、小松が立ち上がりかけるのを、

「待て」

と、止めて、「——いい。どこかこの辺の医者へ行って来る。大分血が出たからな」

「出血多量で死ぬようなことは……」

「手をかまれたぐらいで死ぬか！」

と、鬼沢は不機嫌な顔で怒鳴った。

「それもそうですね」

「犬にでもかまれたと言っとこう。——畜生！　何てガキだ！」

と、気絶している和代を憎々しげに見下ろす。「おい、いいか。俺が戻るまでに、こいつを片付けとけ」

「へえ」

と、小松は言って、「——どこへ片付けます？　引出しにでも？」

「こんなもんが引出しに入るか。どこかの川へでも放り込んどけ」

「川……ですか」

小松はポカンとして、「でも、泳ぐにゃちょっと寒くありませんか？」

「どうせ死ぬなら同じだ」

「死ぬ……」

小松が和代をチラッと見て、「じゃ——殺すんですか？」

「当たり前だ。こんなことまでされて、放っとけるか」

鬼沢は、ジロッと小松を見て、「何だ。いやなのか？」

「い、いえ……。でも――」

小松がゴクンとツバをのみ込んで、「その――こいつのお袋と俺との……デ、デートがだめになります」

「そんなもん、黙っときゃ分かるまい」

「というと……」

「このチビを人質に取ってあると向こうに信じさせときゃいいんだ。ともかく、こいつをさっさと片付けとけ！　分かったか！」

「は、はい！」

小松は、思わず敬礼していた。

鬼沢は、裏口から出て行く。――残った小松は、床に転がっている和代を見下ろした。

「やれやれ……」

小松は、腕組みをして、「困ったな、こいつは」

と呟いた。

上坂育子は、ふと時計を見た。

「あら――」

と、我に返り、「和代、どうしたのかしら……」

今日は塾もピアノのおけいこもないはずだけど。

きっと、友だちとのんびり帰って来てるんだわ。でも、子供なんだから、それでいいんだ。

「晩ご飯の仕度をしなきゃ」

と、自分へ言い聞かせるように言った。

しかし、なかなか立ち上がる気になれないのだ。——どうしていいか、分からなかった。

今日、喫茶店で会った男。あれは、まともな人間ではない。

人を殺すことも、何とも思わない、冷酷さを、育子は感じ取っていた。

あのカプセル……。それを、「週刊誌の記者」とかいう男の飲み物に。

はっきりは言わなかったが、あのカプセルが毒薬だということは、育子にも察しがついた。人を殺せ、というのだ。

もちろん、自分が浮気さえしなければ、こんなことにはならなかった。それはよく分かっている。

しかし、浮気の代償が人殺しでは——。

私にはできない！　とても、そんなことは——。

電話が鳴り出して、育子は、思わず声を上げそうになった。

「しっかりして……。何をびくびくしてるのよ」

と、独り言を言って、電話に出る。「――はい、上坂でございます。――あ、大木さんね？　いつも、和代が――」

同じクラスの、「セッちゃん」である。

「え？　和代が？」

「今日、お昼で早退したんですけど……」

「早退した？」

「ええ、お腹が痛いとかって――。あの、大丈夫なのかな、って思って、訊いてみようと――」

「そう……。あの――私、ちょっと出かけていてね、今戻ったものだから。もしかしたら、あの子、部屋で寝てるのかも。――あの、電話させるわ、後で。――じゃ、どうもありがとう」

まくしたてるようにしゃべって、育子は、電話を切った。

「――和代！」

育子は、家の中を捜し回った。もちろん、和代の姿は見えない。

どうしたのかしら？　早退したって……。途中で気分でも悪くなって——。

でも、それにしても遅すぎる。

ハッと、育子は気付いた。

和代がお昼で早退して帰って来たとしたら、育子は家にいなかったはずだ。

じゃ、あの子、お腹が痛いのに、表で待っていたのかしら？

私があの男と話をしているときに……。

「どうしよう」

と、育子は、ただオロオロするばかりだった。

そう。そうだわ。もしかしたら、お隣りの家にでも。

育子は、玄関へ行こうとして、サンダルが庭に出ていたのを思い出し、急いで取りに行った。

身をかがめて、サンダルを取ろうとした、育子の手が止まった。

——ランドセルが、庭の中に落ちていたのだ。

育子は、サンダルもはかずに、庭に下りて、駆け寄ると、ランドセルを拾い上げた。

間違いなく、和代のランドセルだ。でも——なぜこんな所に？

育子は突然不安になった。はっきりとした理由はなかった。

理屈ではない、母親の直感で、和代の身に何か起こったのだ、と思った。何か、とんでもないことが。

電話が鳴り出していた。育子は、ランドセルをかかえて、家の中へ駆け戻った。和代だろうか?

「――はい!」

耳に当てた受話器から、男の声がした。

「奥さんでいらっしゃいますね」

「はあ……」

「突然、お電話して申し訳ありません。私、〈週刊P〉の記者ですが、ちょっとお話をうかがわせていただければ、と思いまして……。話はお聞きですか?」

育子は、しばらく言葉が出なかった。

「――もしもし? 聞こえますか?」

「はい」

「決して、奥さんのご迷惑になるようなことはありません。すべて匿名《とくめい》で、場所も分からないように書きます。ご都合のいいときに、どこでも場所を指定していただけるとありがたいのですが」

「あの――今すぐでも結構です」

と、育子は言った。

「今、ですか？」

と、向こうが戸惑っているようだ。「もちろんこちらは構いません。そちらの近くにいますので。では、どこか喫茶店でも――」

「うちへおいでください」

「お宅へ？　よろしいんですか」

「はい」

「――分かりました。では、十五分以内にうかがいます」

電話は切れた。

育子は、ランドセルをかかえたまま、その場に座り込んだ。

もちろん、和代の身に何が起こったのか、育子は知らなかったが、自分が巻き込まれた事件と、どこかでつながっている、と思ったのだ。こんなことが、同じ日、同じ時に、一緒に起こるわけがない！

それならば……。早く、言われた通りに、その「記者」という男に、あのカプセルをのませてしまおう。

この家の中、というのはためらわれたが、いつ和代が戻るか、それとも連絡が入るかもしれないと思うと、ここから出るわけにはいかなかった。

「そうだわ」

飲み物を出す仕度をしなくては。

ランドセルをかかえたまま、育子は台所へと入って行った……。


「川……ねえ」

小松は車を停めて、呟いた。

オンボロながら、一応は走る、というだけの車が、小松の「愛車」である。

もう一時間近く、車を走らせて来た。

鬼沢から、「川へ放り込め」と言われたので、川を捜しているのだが、何しろ今の川は、たいてい、町中では覆いがあって、「放り込む」というわけにはいかないのだ。

それに……。いくら鬼沢の言いつけといっても、まだ十歳そこそこの子供を、川へ投げ込んで殺すというのは、ためらわれた。

「参ったぜ」

と、首を振って、小松は車を出た。

人気のない、公園の裏手。周囲を、それでもチラッと見回して、小松は後ろのトランクを開けた。

――和代が、手足を縛られ、口をテープでふさがれて、押し込められている。

もう、意識は戻っていて、怯《おび》えたように、赤く充血した目が、小松を見上げた。

涙が頰に跡を描いている。――小松は、渋い顔で、「そんな目で見るなよ」

と言った。「俺のせいじゃねえぞ」

困った！

小松は、この子を助けてやりたい、と思った。しかし、言われた通りにしなかったことが、鬼沢に分かったら、今度は小松が消されかねない。

「鬼沢」というのは、本名ではなく、本当は「大沢《おおさわ》」なのだが、「鬼のようだ」というので、「鬼沢」が通り名になっているのだ。それほど冷酷な男なのである。

小松は、首を振って、

「悪いけどな、諦《あきら》めてくれ」

と言うと、トランクを閉めた。

助けに来た女

しばらくして、やっと向こうの受話器が上がった。

「あ、兄貴ですか」

と、小松はホッとして言った。「おけがの方はいかがで？」

「大したこたあねえよ」

鬼沢は、面白くもなさそうな声を出した。

「おい、小松、お前何やってるんだ？　今ごろまで、どこをほっつき歩いてる」

「いえ、あの……」

「何だかやかましいな。外からかけてるのか？」

「へえ。表の公衆電話で」

「あのガキはもう始末したんだろうな」

小松は、受話器を握って、チラッと目を車の方へやった。

「あの――それが、まだなんで」

「何をやってるんだ！　あんな娘一人、どうにだってなるだろうが！」

「でも……。川がないんですよ」

と、小松は恐る恐る言った。

「何だと？」

「川がね……。その、つまり――散々捜して歩いたんですけど、川ってものが見付からなくて……」

「何て馬鹿だ！　川がなきゃ他の手で片付けりゃいいんだ。それぐらい考えろ！」

「へえ。やっぱり……片付けますか」

「当たり前だ。ひどいけがだと言われたぞ、医者から。これで黙っていられるか！」

鬼沢は、ちょっと言葉を切ってから、

「お前にゃまだ仕事があるんだ。早く片付けて戻って来い！」

「分かりました」

「そうだ。どこかその辺に公園はねえのか。近くにでも」

「公園なら――目の前です。あんまり立派じゃねえですけど」

「じゃ、簡単だ。首でも絞めて、そこの茂みに放り込んどけ。変質者がやったと思われるだろう」

「変質者じゃないです、俺」

「お前がそうだなんて言ってねえぞ。そうすりゃ、通り魔風の犯罪に見えるから、こっちも安全だ。分かるか？」

「はあ」

「じゃ、早く戻って来い！」

電話は切れてしまった。

小松は、ため息をついて、受話器をかけた。十円玉が一枚戻ったが、それを取る気にもなれない。

「やれやれ……」

小松は、車の方へ戻って行った。

上坂和代をトランクに入れたまま、あっちこっち走り回っていたのも、どうにも子供を殺すというので、気が進まないせいだったのである。

少し時間がたてば、鬼沢の兄貴も気が変わって、勘弁してやれ、と言うかもしれない。

小松のその期待もすっかり当て外れに終わってしまった。

「あれじゃ、だめだな」

とても、怒りはおさまりそうにない。

しかも、運の悪いことに、ここは、おあつらえ向きの公園の前だった……。

そろそろ薄暗くなるころで、車の通る表通りから公園の中へ入ると、嘘のように静かになる。

小松は周囲を見回した。――いてほしいときには(?)、人っ子一人いないものだ。

「しょうがねえ。――やるか」

小松は、トランクを開けた。手足を縛られて、口をテープでふさがれた和代が、もう涙もかれたのか、力のない目で小松を見上げる。

「そんな目つきで見るなってば」

と、小松は、和代をかかえ上げた。「俺を恨むなよ」

公園の中へ入って行くと、小松は、いかにも「犯行」にふさわしい木立ちの陰を見付けて、その奥へと和代を運び込んだ。

「恨むんなら兄貴を恨んでくれよ。――大体お前がいけないんだ。子供はおとなしくしてりゃいいものを、あんな風にあとをつけ回したり、兄貴にかみついたりするから……。全く、女の子とも言えねえな」

小松は、和代を地面におろした。

柄にもなく、汗が流れる。——相手が同類なら、びくともしない小松だが、こと、子供となると話は別だ。

しかも、和代は、さっきのように暴れるでもなく、泣くでもなく、今は、諦め切ったように、ただじっとして、小松を見上げているのだ。

どうせなら、わめくなり暴れるなりしてくれれば、小松としてもやりやすいのだが……。

これじゃ一番やりにくいじゃねえか。

しかし、早く戻らなくちゃいけない。鬼沢は気が短いのだ。

よし！　心を決めると、小松はかがみ込んで、

「目をつぶってろ。——苦しかねえからよ」

と言った。

言われた通りに、和代が目を閉じる。

苦しかねえ、だって？　俺だって、首を絞められたことはないから、そんなこと知りゃしないんだ。

小松の大きな手が、和代のか細い白い首にかかった。小刻みに震えているのが、和代の方なのか、自分の手なのか、小松にもよく分からない。

俺を恨むなよ……。

小松は、手に力を入れようとした。小松の怪力なら、こんな子供の息の根を止めるぐらい、アッという間だ。

しかし――しかし、だめなのだ。どうしても、指先が硬直したようになって、力が入らない。体中から汗がふき出し、顔を伝った汗が、顎から、ポタッと和代の顔に落ちた。

和代が目を開ける。

そして――小松は、和代の首からそろそろと手を離すと、ドサッとその場に座り込んでしまった。

まるで何キロも走ったように、くたびれ切っていた。

だめだ！　俺にゃ殺せない！

そのとき――ふと、小松はある顔を思い浮かべた。

そうだ。あの女なら……。

あの女なら、引き受けてくれるかもしれねえ。

たとえ、他に何かいい手があったとしても、今はそれしか思い付かなかった。

「いいか、ここでおとなしくしてるんだぞ」

手足を縛られて、おとなしくしているしかしょうがない和代を後に、小松は、公園から飛び出した。

さっき、鬼沢へかけた公衆電話の受話器を取って、あわてて十円玉を入れる。手の汗をズボンで拭ってからダイヤルを回した。

いてくれるといいけど……。呼出し音が二度、三度と続く。

頼むよ。出てくれ。

カチリと音がした。

「もしもし？　どなた？」

と、女の声。

小松は、体中から息を吐き出した。——すぐには言葉が出ない。

「もしもし？　どなたですか？」

「あ、あの——俺です」

「『俺』じゃ分からないわ」

「あの——ええと——何ていったらいいか、その——」

「あら、何だ。小松さんでしょう」

「そ、そうです」

小松はホッとした。「憶えててくれましたか」

「そりゃね。私のことを殺そうとした人のことぐらいは、忘れないわよ」

と、向こうの声は、笑っている。

「その節はどうも失礼を――」

「どうしたの、一体？　よくここが分かったわね」

「へえ。一度聞いた番号は、たいていすぐ忘れるんです。そこ以外は」

「愉快な人ね」

と、女は笑って、「何のご用？」

「助けてほしいんです」

「助ける？　私があんたを？」

「俺のためじゃないんです。いや――まあ、俺のためでもあるけど、小学生の女の子を助けたいんで……」

「何のことよ？」

「つまり――俺が殺さなきゃなんないんです、その子を。でも俺――子供を殺《や》るってのはどうしてもいやで……」

「ふーん」

女は、のみ込みが早いらしかった。「その子を殺さないと、あんたがやばいわけね」

「そういうことです」

「私、別に、あんたを助ける義理はないのよ」

「分かってます。ただ、その女の子を助けると思って……」

女はちょっと笑って、

「あんたも、変なところで気が小さいのね。でも、そこがいいところよ」

「どうも……」

小松は汗を拭った。「で、いかがでしょう？」

「――いいわ。今、私も忙しいんだけどね。今、どこなの？」

小松は、公園の場所を説明した。

「――俺はすぐ戻らないとまずいんで」

「そこなら三十分もあれば行けるでしょ。でも、その子が殺されたことにしないとまずいんじゃないの？」

「ええ……。でも何とかごまかして――」

「あんたじゃ無理ね。分かったわ。殺して、どこかへ捨てて来たってことにしときなさい。私がうまくやるわ」

「すみません。――じゃ、公園の奥の大きな木の陰ですから」

「分かったわ。すぐ行くから」

「どうも……。ありがとう」

「どういたしまして」

女は、軽い口調で言って、電話を切った……。


和代は、もう痛みも何も感じなかった。

手足は、ずっと縛られたままなので、ほとんど感覚がなくなっている。口をテープでふさがれているので、鼻だけで呼吸しているせいか、鼻がヒリヒリした。

どうしてこんなことしちゃったんだろう。

今となっては、和代も、無茶をしたんだということが、よく分かっていた。

これで殺されてしまったら、ママはきっと、あいつらにどんなひどい目に遭わされるより辛い思いをするだろう。

でも——今さら手遅れだ。

あの大きな、ゴリラみたいな男がいなくなって、どれくらい時間がたったのか、和代には分からない。すっかり暗くなって、足に触れる土の感覚が冷たかった。

もう戻って来ないのかしら？　それなら、何とか転がって行って、人の通る所まで行けば助かるかもしれない。

でも、あのゴリラは、

「おとなしくしてろ」

って言ったんだ……。

和代は、身動きするだけの元気を、正直なところなくしていたのだった。――怖かった。首を絞められそうになったときは、ガタガタ震えていた。それは、もちろん誰だって同じだろうけど。

なぜ、あの男が首を絞めようとして途中でやめたのか、和代には分からなかった。ただ、今のところは生きているということだけが、確かだった。

車の音がした。――空耳かしら？

いや、車だ。それもすぐ近くに停まったらしい。ドアを開ける音。

誰かが降りて、公園の中へ入って来た。

その足音は、ほとんど迷うことなく、和代が転がされている木の方へと進んで来て、ザッ、と草を分けてその陰へ入って来た。

「まあ、可哀そうに」

女の人だ！　和代は、助かるかもしれない、と思うと、急に体中が痛み出して、呻き声を上げた。

「待ってね」

と、その若い女は言うと、和代の方へかがみ込んだ。

シュッ、シュッという音がして、手足が急に楽になった。縄を切ったらしい。でも、全然力は入らなかった。

「じっとして」

と、女は言った。

「――テープをはがすけど、痛いわよ。我慢してね」

和代は、ちょっと肯いて見せた。女は微笑んだようだった。

「いい子ね。どこかけがは？――ない？　良かった。心配だったのよ。――ほら」

ピリッと、肌が切られるように痛んだが、アッと声を上げる間もなく、口をふさいでいたテープははがされた。

和代は、ホッとすると同時に、ワッと泣き出した。

「もう大丈夫よ。――安心して」

と、女は和代の背中を軽く叩いて、「早くここから出ましょう。その前にね、服を脱いで」

和代はちょっとびっくりした。

「あのね、後で説明してあげるけど、あなたがここで殺されたように見せかけないと、あなたを助けた人が困ることになるの。——分かる?」

「ママは……」

と、和代は、やっとかすれた声で言った。

「ママの所には、後で電話しましょう。ともかく今は、早くここを出ないと」

女の話し方は、和代を何となく安心させた。

和代は立とうとしたが、手足が痺《しび》れ切って、とても立てない。

「じゃ、ともかく、車の方へ行きましょう。——さ、私におんぶして」

その女に背負われて、和代は、やっと助かったんだ、と実感した。

車の後部座席へおろされると、そこには、和代ぐらいの女の子の服が、一揃い、たたんで置いてあった。

「サイズが合わないかもしれないけど、我慢してね」

女は、手早く和代の服を脱がせると、車のポケットから、濡れたタオルを出し、和代の顔や手足を拭いてやり、下着から着せてやった。それからナイフを出すと、

「——ちょっと、痛いけど、我慢して」

と、言うなり、和代の指先にちょっと傷をつけた。

「アッ」

「痛かったでしょ。ごめんね」

その血を、脱いだ服に点々とつけると、「待ってて。すぐ戻るわ。傷をなめていなさい」

と笑顔で言って、公園の方へと、和代の服をかかえて走って戻って行った。

――何がどうなっているのか、和代にはよく分からなかった。

でも、今はどうでもよかった。疲れ切って、お腹が空いて、眠たかった……。

女は、すぐに戻って来た。

「さあ、一旦、私のおうちへ行きましょうね」

「うちじゃなくて？」

「そう。でも心配ないわよ。横になって。――眠っていいわよ」

女は和代を、気持ちのいい座席に横にした。

「ねえ、あなた、名前は？」

「上坂……和代」

「そう」

女は微笑んで、「私はね、早川美香よ、よろしくね」

と言うと、ドアを閉め、運転席についた。

早川美香……。疲れ切った和代は、眠りに落ちる前に、その名を頭の中で、一回くり返すのが、やっとだった。

落ちついた女

人を殺すなんて、大したことじゃないんだわ。

上坂育子は、その思いにびっくりして、ふっと笑いさえ浮かべた。

自分に人が殺せるなんて、考えたこともなかった。あれは、どこか異常な人間のやることで、そんな恐ろしいこと、とても私にはできっこない……。

でも、それは間違っていた。

ごく当たり前に、育子は、カプセルの中身をお茶の中にあけ、軽くスプーンでかきまぜると、お盆を捜した。

「あら、どこに置いたのかしら?」

いやだわ、そんな年齢でもないのに、忘れっぽくなって……。

結局、お盆は洗ってしまい込んでいたのだった。いつもやることではないが、つい無意識の内にしまい込んでいたらしい。

そう。昨日の、あの男の脅迫電話の後、すっかり落ちつきを失っていたので、はっきり憶えていなかったのである。

あんな高い所へしまい込んで。——何を考えてたのかしら？

育子は椅子を持って来ると、その上にのって、お盆を取り出した。

覗いてみてよかった。お盆だけでなく、空のシュガーポットやらグラスまで同じ所へ入れてしまっていたのである。後で、これも捜し回るところだ。

椅子からおりると、育子はお盆にお茶を二つのせた。一つは自分で飲む分である。

しかし、育子の方は、いつも使っている自分用の茶碗だったから、間違える心配はないのだ。

その盆を手に、居間へ入って行く。

「どうもお待たせして」

「いえ、どうかお構いなく」

と、その男は言った。

週刊誌の記者と名乗っているぐらいだから、もっと脂ぎって、目つきの鋭い男を想像していたのだが、実際にやって来たのは、知的な雰囲気すら漂《ただよ》わせて、実に礼儀正しい、好感の持てるタイプの男だった。

育子としては、もっといやな、とても相手などする気になれない男が来てくれた方が気楽なのだが。

しかし、やらないわけにはいかない。もう薬は入れてしまったのだ。

「どうぞ」

と、育子はお茶を男の前に置いた。

「恐れ入ります」

男は、しかしすぐには手を出さなかった。「お話をうかがいたいのですが、よろしいでしょうか」

と、男がメモ帳を構える。

「はい、どうぞ」

取材したところで、どうせむだになるんだ。気の毒に……。

どうせ記事になることはないのだと思うと、妙なもので、育子は却って丁寧《ていねい》に男の質問に答えてやるのだった。

「――すると、サークルに入っておられることを、後悔はされていないんですね?」

と、男は訊いた。

「さあ……」

と、育子は目をそらした。「それは——時々は、夫にすまないと思います。でも、家庭に入ってしまうと、女は夫以外の男性なんて、ほとんどお付き合いすることもなくなってしまうんです。——お分かりですか？」

「分かりますよ」

と、男は肯いた。「いわゆる肉体的な関係でなくても、ということですね」

「ええ。ええ、そうなんですの」

育子は、救われたような気持ちになった。「そりゃあ、夫以外の男性と、ただ体の関係を持つのなら、いけないことかもしれません。でも——だからって、男の人とのお付き合いを何でもそれに結びつけて考えるのは間違ってると思いますわ」

何を言ってるんだろう、私は？

私と彼との間は、正に「体の関係」じゃないの。それなのに……。

「全くです。女性も視野を広げる必要がありますからね」

「そうです。そうおっしゃっていただけると——」

育子は、いつしか本気になって、しゃべっていた。

「他の男性と話をしたり、出かけたりすることで、夫のいいところも、却ってよく見えて来ることだってありますし、それに、女は男の人の仕事について知らな過ぎると思うんです。男の人がどんなに必死で働いているか、そういうことも、男の人と付き合ってみるとよく分かります」

彼は、仕事なんかしていないのだ。彼の仕事は女と寝ること。馬鹿な中年女の相手をして、小づかいをもらうこと……。

「いや、奥さんのおっしゃる通りですよ」

と、男は同意した。「すると――お付き合いする相手の男性は、いつも別ですか。それとも同じ人と?」

「それはあの――両方あります」

「奥さんの場合には?」

「私の場合は――」

育子は言葉を切った。男が、お茶を取り上げて、飲んだのである。

「いいお茶ですね」

と、男は言った。

「そうですか」

変わった様子はない。きっと、そうすぐには効かないのだろう。

「ところで、奥さん」

と、男は座り直した。「神田久子さんのこと、ご存知ですね」

育子は、ちょっと、ギクリとした。

「――はい」

「悲劇的なことでしたね」

「ええ。――神田さんの場合はのめり込み過ぎたんです」

「というと？」

「つまり……。相手の男性に夢中になってしまって、家庭を捨ててしまおうとしたんですわ。だから……」

「ご主人に射殺された」

「知っています。恐ろしいことだわ」

と、育子は言った。

「奥さんは大丈夫ですか」

「え？」

と、育子は訊き返した。

「いや、奥さんの場合は、神田久子さんのようになる危険はありませんか」

「そんな――そんなことあり得ませんわ。大丈夫、私の場合は大丈夫です」

育子は、思ってもいない言葉がポンポン出てくるのにびっくりしていた。人を殺すだけでなく、嘘をつくってのも、こんなに簡単なことだったのね。

「奥さんはしっかりしていらっしゃる。大丈夫でしょう」

と、その男が微笑みながら言うと、本当にそんな気がして来た。

自分も飲まなきゃおかしいだろう。

育子は、自分の湯呑み茶碗を取り上げて一口飲んだ。

それにしても、まだ効かないのかしら？　少しは気分が悪くなってもいいんじゃないかと思うけど。

「――奥さん。その男性に会わせていただけませんか」

と、男は言った。

「はあ？」

「その男――神田久子が心ひかれて、結局身を滅ぼした、その男です。今、奥さんはその男と付き合っておられるんでしょう？」

「え、ええ……。でも――」

「奥さんの側の話だけでなく、相手の男性の話も聞いてみたいんですよ」

「でも――それは――」

どうせ、それまであなたは生きていないのよ。

週刊誌の記者——だか、何なのか知らないけど、どうせもうすぐ死んでしまうのよ。

「彼の連絡先は？」

と、男が訊いた。

「私——知りません。だって、必ずサークルを通して、連絡するんですもの」

「なるほど。では、次にお会いになるとき、ちょっとでいいんですが、会わせていただけませんかね」

「それは——」

「奥さんにも、その男性にも、迷惑がかかるようなことは、決してありませんよ」

「でも、やっぱり……。これはあくまでプライベートなお付き合いで——」

「そうはいきませんよ、奥さん」

と、男は、穏やかな口調で言った。

「——どういう意味です？」

「プライベートに男と付き合っているだけの奥さんが、なぜ私を殺そうとするんです？」

育子は、ポカンとして、その男を眺めていた。

「このお茶には、何も入っていません」

と、男は、茶碗を持ち上げて言った。「さっき、薬を入れた後で、お盆を捜しておられる間に、ちゃんとお茶を入れかえておきましたよ」

育子の顔から、血の気がひいて行った。

「あなたのお茶と入れかえなかったのを、感謝していただきたいですな」

と、男は言った。

「でも――なぜ――」

「気付いたか、とおっしゃるんですか？　奥さん、あなたは落ちついておられるつもりかもしれませんがね、靴下の裏が真っ黒です。地面におりたんじゃありませんか？」

育子はハッとした。――和代のランドセルを見付けて、庭へ駆けおりた。そのときのまま、ずっと気付かずに……。

「あなたに人は殺せませんね」

と、男は笑顔で言った。「しかし、当然、私が記者でないこともご存知だ。なぜ私を殺そうとしたんです？」

育子は答えなかった。――和代。あの子がきっと、人質に取られているんだ、と思っていたのである。

「奥さんには殺せなくても、私には殺せるんですよ」

育子は、ふと目を上げて、青ざめた。

いつの間に……。男の手に拳銃がある。

「こいつをつけますとね」

と、男は何だか短い筒のようなものを、銃口の先に取り付けながら、「音が小さくなるので、ここで撃っても、外の人には聞こえません」

育子は、銃口が真っ直ぐ自分の方へ向いているのを、まるで映画かＴＶの中のことのように、眺めていた。

「――しかし、私はあなたを殺したいわけじゃない。分かりますか？」

育子は、黙って肯いた。

「ただ、相手の男に用があるんです。あなたの『彼氏』にね。私を殺せと命令したのは、その男ですか？」

「いいえ！」

と、育子は強く首を振った。

「すると、あなたに私を殺せと言ったのは、誰です？」

「知りません」

「奥さん――」

「知らない男です。本当です。彼との写真を見せられて、脅迫されて——」

「そんなことだろうとは思いましたがね」

と、男は肯いた。「しかし、あなたの彼も共犯と見るべきですね」

「どうして?」

「そう都合よく、あなたと一緒の所が狙えますか? 予《あらかじ》め場所や時間を知っていなければ、写真なんかとれませんよ」

育子は、そんなことを考えてもいなかったので、ただ呆然としていた。

「その二人の男に会わなくてはね」

と、男は、ゆったりとソファにもたれた。「当然でしょう? 自分を殺そうとしている人間に会いたいと思うのは」

「だめです」

と、育子は首を振った。

「だめ?」

「できません」

「なぜ?」

男は、続けて、「——すると、その写真以外にも、何かあなたを縛りつけているものがあるんだな。ご主人――いや、子供か」

育子は、ギュッと両手を握り合わせた。

「子供ですね。――お子さんを人質に?」

「分かりません」

育子は、顔を伏せて泣き出した。「でも――行方が分からないんです。どこかへ行って
しまって……」

「話してごらんなさい」

と、男は言った。

育子が涙を拭うと、もう男の手には拳銃がなかった。


「――遅くなりまして」

と、小松は、顔の汗を拭いながら言った。

「何をぐずぐずしてやがった」

鬼沢がジロッと小松をにらむ。

薄暗い、廃業したバーの中。小松の表情が鬼沢にもよく見えなかったのが幸いである。

「どうも……」

「片付けたのか」

「はあ」

「確かに死んだんだろうな?」

「そりゃもう……」

「フン、お前の力なら、その気でなくたって殺してるか。──よし、あの女に電話してやろう」

「え?」

「死体が見付かったら、もう脅しはきかないさ」

鬼沢は、電話を引き寄せた。

呼出し音が聞こえると、すぐ、向こうが出た。

「もしもし」

「やあ、奥さん」

と、鬼沢は言った。「ご機嫌はどうかね」

「娘は──和代をどうしたんです!」

と、せき込むように訊いて来る。

「落ちつけよ。あいつが勝手に、俺の後をつけて来たのさ。度胸だけは誉めてやってもいえとな」

「ああ、もちろんだ。しかしな、少々手間を取らせたんで、それなりの見返りはもらわねい」

「じゃ――無事なんですか？」

「和代を無事に返してください。何でもしますから！」

「二つだけで結構。俺は欲のない男だからな」

と、鬼沢は笑った。「一つは、例のカプセルだ。分かるな？」

「あの――その人なら、今日、会います」

「来るのか？」

「外で――。家では会えませんから」

「よし。抜かりなくやれよ」

「分かっています」

「いいだろう。何時の約束だ？」

「八時です。夫は遅いので」

「八時か。――すると間があるな」

鬼沢は、チラッと小松の方を見て、「じゃその前に、お前さんと付き合いたいって奴がいるんだ」

「付き合い……？」

「八時に間に合うように帰してやるよ。ホテルで一時間ほど相手になってやれ。子供の分のお返しだ。――いいな？」

「分かりました。和代は――」

「二つとも仕事が済みゃ、返してやる」

鬼沢は、ニヤリと笑った。「親子ってのは、一緒にいた方がいいからな。そうだろう？」

子供、預かります

そろそろ帰ろうかしら……。

〈インテリア・美香〉で働く河野恭子は、帰り仕度を始めた。

美香は、何だか急な用事で出かけて行ったが、出がけに、

「待っていなくていいわよ」

と、言っていたのだ。

それでも、河野恭子は一時間ぐらい残業していたのである。しかし、別に美香から電話の一本もあるわけでなし……。

席を立つと、店の前に車の停まるのが見えた。

「あら」

お帰りだわ。――美香の車なのである。

店から出ると、美香が、

「良かった！　まだいてくれたのね」

と、声を上げた。

「何かご用ですか？」

「お客なの」

「お客様ですか。お店の方へ？」

「そう。悪いけど——」

「構いませんわ」

こういう高級インテリアを仕事にしていると、金持ちを相手にすることが多いので、時間だの相手の都合だのをまるで気にしない客には慣れっこである。

「コーヒーでも取りますか？」

と恭子は訊いた。

「いいえ、ミルクにして」

「ミルク？」

「それと、チャーハンとギョーザを取ってくれる？」

「変わったお客様ですね」

「そのお客様を中へ運ぶの。手伝って」

美香の言葉に、恭子は目を丸くした。

車の中から、上坂和代が顔を覗かせる。

「――このお子さんが？」

「そう。お客様なのよ。ともかく手を貸してやって」

「はい……」

少女を支えるようにして立たせ、恭子はびっくりした。「まあ！　手がこんなにはれて――」

「早くして」

と、美香がせかした。「あんまり人目につかないようにしたいの」

「はいはい。――まあ、可哀そうに」

和代を、ともかく店の奥の部屋へと連れて行く。

「けがもしてるの。手当てしてあげて。――いいわ、私がやる。恭子さん、出前を頼んでちょうだい」

「はい」

どんな事情かは恭子に分かるわけもなかったが、ともかく恭子は子供好きなのだ。こんな小さな子に、一体誰があんなひどいことを！

手首、足首の、血のにじむ傷あとは、どう見ても、縄で縛ったせいだろう。

「――ええ、そう。チャーハンとギョーザ、三つずつ」

しかし、恭子は、しっかり自分の分も注文するのを忘れなかった。


「――ホテルで、か」

と、克巳は言った。

「一時間ほど相手をしろと言われました」

上坂育子は、力が抜けてしまった様子で、座っていた。

「その後、私に会うと言ってやったんですね?」

「はい」

「向こうは信じているようでしたか?」

「――そう思いますけど」

と、育子は言って、不安げに、「私のしゃべり方、どこかおかしかったでしょうか?」

「いやそんなことはないと思いますよ」

と、克巳は首を振った。「で、その後は――」

「ホテルに来る男が、案内するから、と。そこで、和代と、写真のネガを渡してくれるそうです」

「すると、その男が持っているわけですね。私と会っている間は」

「そうだと思います」

「なるほど」

克巳は肯いた。――まあ、向こうも馬鹿ではないようだ。

「どうしたらいいでしょう？」

と、育子は言った。

自分に拳銃をつきつけた男に相談するというのも、妙なものかもしれないが、しかし、何となくこの男は信じてもいいという気がしたのである。

これは、もちろん、育子の直感だ。

だが、今の育子は、直感を信じようという気になっていた。ともかく、これはまともな状況ではないのだ。

普通の常識で判断していたのでは、和代を助けることはできない！

「それは、あなたの気持ち次第ですね」

と、克巳が言った。

「それは……」

「男とホテルで寝るぐらいのことは、仕方ないと思われたら、そうするといい。それは他人の私が決めることじゃありません」

「そんなことじゃないんです」

と、育子は言った。

「――というと？」

「ホテルへ行くのは構いません。和代を助けるためです。どんな男にだって抱かれます。でも、その後、あなたがあの男を殺してしまったら、和代の居場所が分からなくなるかもしれません」

克巳は、いささか恥じ入った思いで、育子を眺めた。

やはり母親だな、と思った。――ホテルで、どんな男が待っているかもしれないのに。

しかし、育子はもう、覚悟を決めているらしい……。

「約束しますよ」

と、克巳は言った。「お子さんの居場所を聞き出すまで――いや、それが嘘ということもあるからな。安全に取り戻すまでは、決して殺しません」

「ありがとうございます」

育子は頭を垂《た》れた。「あなたを殺そうとしたのに……」

「ああ、そうでしたね」

克巳は微笑んだ。「うっかり忘れていました」

育子が、克巳を見て、それから、ふっと微笑みを返した……。


さて……。

妻の岐子を誘拐された圭介、命を狙われた香代子も含めて、早川一家は方々で活動し、悩んでいたわけだが、その中で、ただ一人、一番優雅な時を過ごしていたのは言うまでもなく、正実だった。

何しろ太田リル子に惚れられちゃったのだから、正に前代未聞《ぜんだいみもん》の出来事！

「——僕と一緒にいると危ないよ」

と、正実が言うと、

「じゃ、私、もう会わないようにするわ」

と、リル子が応じる。

「そんなこと言わないでくれ！」

——何のことはない、二人で遊んでるようなもんである。

「変だわ」

と、リル子が言った。

「え?」

ディナーのステーキに取りかかっていた正実は、顔を上げて、「どこが変なの?」

「どこが?」

「いや――今、そう言っただろ? 肉がどこかおかしくなってる? だったら、このレストラン、営業停止にしてやろう」

「そうじゃないのよ」

と、リル子は、あわてて言った。

何しろ、正実は馬鹿正直である。リル子が言えば、どんなことでも信じて、何でもやりかねない。

「私が、あなたに惚れちゃったこと。――変だわ。およそ好みのタイプじゃないのにね、あなた」

「そう?」

「結局、人間って、タイプじゃないのね」

と、リル子は言った。「一人一人、似たタイプでも、みんな違うんだから」

「そうかな。――おいしいね、この肉」

「そう？」

リル子は楽しそうに言った。

そう。——これだって「変だ」。

以前のリル子なら、自分が食べておいしいかどうかしか気にしなかった。でも、今は、自分の味覚より、正実がおいしそうに食べているのを見ているのが、凄く楽しいのである……。

これも、変——いや恋というものなのだろうか。「恋」の字と「変」の字が似てるってのは、何か意味があることなのかもしれないわ。

「だけど、私と結婚する気はないの？」

と、リル子は訊いた。

「うん。僕は一生独身でいると誓ったし……。それに、君は大変な金持ちじゃないか。こんな貧乏刑事を相手に選んだら、きっとみんな大騒ぎだよ」

「別にいいじゃない、他の人が何て言おうとさ」

「うん。そんなことはいいんだ」

「じゃ、何なの？」

「僕は刑事だ」

「分かってるわよ」

「刑事が扱う事件ってのはね、たいてい弱い人間たちがひき起こすんだ。人間、貧しかったり、苦しかったりすると、つい他人や世間を恨みたくなる」

「そんなもんなの？」

「そういう事件を扱う以上、刑事の方だって、同じ苦しみが分かってなきゃいけないんだ。犯人の心理を理解するためにはね」

「捕まえるだけじゃいけないの？」

「理解しないで、ただ捕まえただけじゃ、また出て来てから、何かやらかすよ。もう二度とやるまい、って思わせなくちゃいけないんだ。それが本当の刑事なんだよ」

「つまり——」

「分かるだろ？　だから、刑事が、そんな大金持ちになって、貧乏暮らしの辛さなんかが分からなくなったら、だめなんだよ」

リル子は苦笑いした。

こんなこと、本気で考えてるんだ、この人は。——信じられない！

でも、リル子は、正実の、そういうところに惚れたのである。

「この次のデートのときは、僕がラーメン屋に案内するよ。旨いけど、安いんだ。君も一度食べてみるといい」

「うん。ぜひ連れてって!」

と、リル子は肯いた。

——レストランを出ると、二人は車で(リル子の車だ)、適当に走り出した。

「どこに行く?」

と、リル子が言った。

「帰らないのかい、まだ?」

「小学生じゃあるまいし」

リル子は笑って、「——そうだ。ねえ、あなたのお姉さん」

「姉さん?」

「ええ、インテリア・デザイナーだったわよね?」

「うん。そんな仕事だったと思うよ、たぶん」

「一度、仕事場を見てみたいな、と思ってたの。今から行ってもいいかしら?」

「さあ……」

と、正実は首をかしげた。「ま、いるかどうか分からないけど、別に構わないんじゃないの」

「じゃ、案内してよ」

「うん」

一応正実も、姉の仕事場ぐらいは知っているのである。

もちろん、そこへ、珍客が来ていることなど、知る由もなかったが……。


「――痛い？」

と、包帯を巻いてやりながら、恭子は訊いた。

「大丈夫」

と、和代が首を振る。

「そう！　偉いわねえ、我慢強くて」

和代も、大分元気が出て来ていた。

手首足首の痛みは、そう簡単には消えないが、もう感覚はすっかり戻っていたし、それに、何より、お腹が一杯になっていた！

恭子と美香もびっくりするような勢いで、和代は、チャーハンとギョーザ二皿（ギョーザは美香の分がなくなった）を平らげてしまったのである。

「ママに電話してもいい？」

と、和代が、美香に訊く。

「もう少し待って」

と、美香は言った。「ねえ、決してあなたに、いじわる言ってるわけじゃないのよ。分かる？」

「うん」

「もちろん、あなたのママが、死ぬほど心配してるでしょうね。でも、今、ママの所へ電話しちゃうと、あなたの命を助けた人が、今度は危なくなっちゃうの。――もう大丈夫ってときになったら、ちゃんと私が、ママの所へ連れていってあげる」

和代は、じっと美香を見つめて、

「分かった」

と、はっきり答えた。「おとなしくしてるわ、私」

「そう。いい子ね！」

「眠い……」

と、和代は欠伸をした。

安心したら、眠くなって来たらしい。もちろん、美香の車の中でも眠ったのだが、こうして、お腹も一杯になって来ると、瞼《まぶた》がくっつきそうになるのだ。

「――そうね。じゃ、私のマンションへ行きましょ」

と、美香は言った。

「一緒に行きましょうか」

と、恭子が言った。

「そうね。お風呂には入れないでしょうけど、一応、体も拭いてあげたいし。――じゃ、一緒に来てくれる?」

「じゃ、すぐ仕度します」

恭子が、奥へと駆け込んでいく。

ソファに座った和代は、もう半ばウトウトしていた。

すると――表に車の音がした。

美香は緊張した。もしかして、この子を取り戻しに来たのだろうか?

まさか、とは思ったが、用心に越したことはない。

机の引出しの方へ行くと、隠してあるボタンを押す。パタッと引出しの底が開いてそこに小型の拳銃が隠してあるのだ。

もちろん、こんなことは恭子も知りはしない。拳銃をつかんで、美香は、足音が近づくのを待った。

トントン、と入口を叩く音がして、

「姉さん！」

——正実の声だ。

美香は、チラッと和代の方へ目をやった。

すっかり眠り込んでいる。

しかし、この子を見られては……。

「今晩は」

と、女の声もする。

あの子だわ。太田リル子とかいった……。

「はい！　ちょっと待って」

美香は拳銃を戻して、どうしたものか、迷って立ちすくんだ。

美女と野獣《やじゆう》

小松は、どうにも落ちつかなかった。

鬼沢からポンと肩を叩かれて、

「いいか！　よく見張るんだぞ」

と言われて来たのだが……。

もちろん、「見張る」というのは、上坂育子が、例の男に、薬をちゃんとのませるのを、確かめて来いということである。

相手の男というのが誰なのか、小松も鬼沢から聞いていない。知っている必要もないのである。

ともかく、鬼沢の言う通りにしていればいい。それが、小松の仕事なのだから。

しかし、その小松も、結局、育子の娘、上坂和代を殺すことはできなかった。いかに鬼沢の命令でも、子供を殺すというのは、手に余る仕事だったのである。

そして今——小松は、かなりけばけばしい装飾のラブホテルの部屋にいた。

ここに、上坂育子がやって来るはずなのである。

せいぜい楽しんで来い、とも言われて来たのだが、小松は落ちつかなかった。

いつもなら、こんなことはない。体の大きな小松は、かなりタフな方で、女を相手にしても、充分に自信を持っていた。

しかし、今夜ばかりは……。

——正直、小松は後ろめたい思いだったのである。

確かに、あの子供は小松のとっさの思い付きで、命を救われたのだし、小松としては、そんなことがばれたら、鬼沢に、容赦《ようしゃ》なく消されるだろう。

その意味では、母親の育子に感謝されて当然だし、これぐらいの「礼」は受け取っておいてもいいかもしれない。

だが、小松の引っかかっていたのは——鬼沢のやり方に、とてもついて行けそうにないという思い故であった。

鬼沢は、小松があの子を殺したと思っている。その上で、母親には、子供が生きていると嘘をつき、小松の相手をさせようとしているのだ。

何ともむごいやり方である。

小松とて、これまで人を殺したことがないわけじゃないが、それはあくまで「この世界」の人間で、たいていは、「やらなきゃ、こっちがやられる」という状況でのことだった。

今度のように、ただ鬼沢の手にかみついたというだけの子供を殺すというのは……。

ま、手っ取り早く言えば、良心がとがめるのである。

小松は、自分にも「良心」なんてものがあると知って、びっくりしていた。

一旦顔を出し始めると、この「良心」というやつ、やたらにのさばり出して、今、小松がホテルで落ちつかないのも、多分にそのせいだったろう……。

「しかし——いいんだ!」

と、小松は自分へ言い聞かせるように、言った。

そう。俺は子供を、命がけで助けてやったんだから、これぐらいのお返しはしてもらって当然だ!

トントン、とドアをノックする音がした。

「は、はい!」

と、思わず飛び上がって、小松は、「いけねえ。——これじゃだめだ。もっと、こう、ニヒルでねえと……」

ニヒル、というよりアヒルに近い人相だが、精一杯もったいぶった顔で、立って行くと、小松はドアを開けた。

目の前に、やたら髪を真っ赤に染めた、凄いおばさんが立っていた。——小松は目を丸くした。

これじゃごめんだ！

が、相手も面食らった様子で、

「あれ？——やだ！　部屋間違えちゃった、私！　ワッハハハ！」

と、ノソノソ歩いて行く。

小松はホッとした。

「あの——」

と、女の声がした。

振り向くと、おずおず小松を見上げているのは、ごく普通の主婦らしい——。

「上坂——育子です」

「ああ、そうか」

この女か。小松はホッとした。

「入んな。——一人だろうな？」

「はい」

上坂育子は、部屋の中へ入りかけて、ふと足を止め、「――和代は元気ですか？　けがしていませんか？」

と訊いた。

「ああ、元気だよ。早く入れ」

「すみません」

ドアを閉めると、小松は、育子の後ろ姿を眺めた。――うん、この女は俺の好みだ！

「良心」の方は、少々わきへ押しやられて、小松はニヤッと笑った。

「――あの、どうすれば……」

と、育子は、部屋の真ん中に突っ立ったまま訊いた。

「そ、そうだな」

現金なもので、声が上ずっている。「シャワーでも浴びて来ちゃどうだ？」

「家で浴びて来ました」

と、育子が答えた。「あまり時間がないと思ったので」

「そうか。いい心《こころ》がけだ」

「下着も全部替《か》えて来ました」

「すると――覚悟はできてるんだな」

「はい」

ごく自然な返事だった。悲壮感もないし、といって、怯えてもいない。

「じゃ――脱ぎな」

小松の声の方が震えている。

「はい」

育子が、服を脱ぎ始めた。一つ一つ、きちんと、傍の椅子の上に重ねて行く。

見ている間に、小松の顔が真っ赤になって、呼吸が荒くなって来る。

「もういい！」

まだ完全に脱ぎ終わっていない育子に向かって、小松は突進すると、その細い体をかかえ上げ、ベッドの上に押し倒して、のしかかって行った……。


「すみません、お邪魔して」

と、太田リル子が頭を下げる。

「いいのよ、いつだって大歓迎だわ」

と、美香はニッコリ笑って、「正実、ちゃんとリル子さんを退屈させないように、お相手してるの？」

「そりゃまあ――」

と、正実が言いかけると、

「私、全然退屈しませんわ」

と、リル子が言った。「この人と一緒にいると、何もかも新鮮！」

そりゃそうかもしれない、と美香は思った。考えようによっては、正実は、実に珍しい人間なのだから。

しかし、「新鮮さ」というのは、いつまでも続かない。くり返されれば飽きも来る。

そうなる前に、結婚に持ち込んじまえば、こっちのもんね。

別に自分の結婚でもないのに、美香はそんなことを考えていた。

「――はい、どうぞ」

と、河野恭子が、正実とリル子にお茶を出す。

「まだ仕事だったのかい？」

と、正実が訊いた。

「そう。忙しくてね。――ほら、出前を取って頑張ってたのよ」

と、チャーハンとギョーザの空の皿を指さした。

「へえ。二人であんなに？」

と、正実が目を丸くする。

「この仕事は大変なのよ」

と、美香はとぼけた。

上坂和代は、奥の部屋で寝ている。ぐっすりと眠り込んでいるから、まず目を覚ますことはあるまい。

「──私、インテリア・デザインってやってみたいなあ」

と、リル子が言った。

「あら、そう？」

美香が微笑んで、「そうね、あなたなんか、いい家の育ちだし、センスがあるかもしれないわ」

「そうかしら？」

と、リル子は、早くもその気になっているようだ。

「もし、その気があるのなら、私、いい所を紹介してあげるわ。そこで勉強してみる？」

「本当ですか？」

リル子、ソファからピョン、と飛びはねそうな勢いで、「でも、私──」

「なかなか、楽じゃないわよ」

「いえ、そんなの、分かってるんです」

「じゃあ――？」

「ここで、勉強させていただけませんか？」

と、リル子は言った。

美香は、ちょっと焦《あせ》って、

「そ、そうね。――でも、ここは小さなお店だし」

「だからこそ、きっと勉強になると思うんです！」

「それはまあ……」

と、美香は言葉を濁した。

インテリア・デザインの勉強だけならともかく、詐欺の勉強までされても困るのよね、
と美香は内心考えていたのである。

リル子は、正実の方を見て、

「ねえ、あなたどう思う？」

と訊いた。

「うん……。悪くないけど――」

「君、凄い金持ちなんだろ？　働く必要ないんじゃないの」

「けど——なあに？」

「そんなのつまんない！」

と、リル子はふくれた。「遊んで暮らすのって飽きちゃったの」

ぜいたくな悩みである。

「面白い子ね」

美香は、本当に面白くなって来た。

「ねえ、私を弟子にしてください。お茶くみ、掃除、井戸の水くみ、何でもやります」

「あなた、戦前の生まれ？」

と、河野恭子が呆れて訊いた。

と——そこへ、

「ごめん……」

と、声がした。

ハッと美香が振り向くと、和代が眠そうな顔で——いや、半分眠ったままの顔で——立っていた。

「あら。——どうしたの？」

と、美香が訊くと、和代、

「おトイレ、どこだっけ？」

「私が連れてってあげる」

と、恭子が、和代の手をひいて、奥へ戻って行く。

「――私、子守りもやります」

と、リル子が、付け加えた……。


小松は、汗だくになって、ベッドの上に引っくり返っていた。

――育子も、それなりに汗をかいていた。

ホテルの部屋は、さほど広くないといっても、一応、並みの広さはある。

その室温が、確実に二、三度は上がったかもしれない。――そう思わせるほど、小松は「熱演」したのである。

が――育子は、裸の体で起き上がると、不安そうに、

「あの――私がいけなかったんでしょうか。私――こういうこと、あんまり上手でないので――」

小松が、チラッと育子を見て、それから笑い出した。

心底からの、カラッとした笑いだ。肌は汗でベトついていたが。

要するに、この大熱演にもかかわらず、ついに小松は、育子をものにできなかったのである。

どうしてもだめなのだ。——いざ、となると、育子の顔に、あの口にテープを貼られて、悲しげな目でじっと見上げていた和代の顔がダブってしまう。

こんなわけがない！

俺は女にかけちゃベテランなんだ！

いくら、自分にそう言い聞かせても、だめなものはだめ……。

ついに、小松は諦めたのだった。

そして諦めてしまうと、今度はいやに気分がスッキリと爽《さわ》やかになって、笑いたくなったのだ。

「あの……」

育子の方は、青くなっている。この男が気に入ってくれないと、和代の命にかかわると思っているのだから。

「いいんだ。——奥さん、あんたはすばらしい女だよ」

小松は起き上がって、ポン、と育子の肩を叩いた。

ったんだ」

「しかしな」

と、小松はニヤリと笑って、「それ以上にすばらしい母親さ。だから、俺にゃできなかったんだ」

その笑顔が、びっくりするほど、人なつっこい。

育子は、ただ戸惑うばかりだった。

「さ、汗を流そう」

と、小松はバスルームに入って行った。

育子は、しばしポカンとしていたが、やがて、急に自分が裸のままなのに気付いて、あわてて毛布を引っ張った。

小松がすぐに出て来た。バスタオル一つ、腰に巻いている。

「さあ、あんたも、シャワーを浴びなよ」

と、育子に声をかけた。

「はい」

育子は、バスルームへ駆け込むと、急いでシャワーを浴びるのだった……。

——十五分ほどして、育子も身仕度を終わった。

「例の約束は八時か」

と、小松が腕時計を見て言った。

「はい。その後、和代は返していただけるんですね」

と、育子は念を押した。

小松は、少しためらってから、肯いた。

「返してやるよ。ただ――すぐってわけにゃいかないかもしれないな」

育子は、不安げに、

「それは――どういう意味ですか」

「いや、色々と事情があってね」

と、小松は言った。

「それはどういうことです？　教えてください！」

育子の必死の表情を見ると、小松は嘘をつけなくなってしまった。

「分かったよ……」

と、ため息をつくと、「実はな、お前のとこの子は、うちの兄貴――お前も会ったろう？　あいつにかみついたんだ」

「かみついた？」

「うん。で、兄貴はカンカンでな。で、俺にあの子を殺せ、と……」

育子はよろけた。

「和代を！　じゃ——和代は——」

「待ってくれ。ともかく、兄貴は人殺しなんて、何とも思わねえんだからな」

と、小松が言った。

そのとき、ロックしてあるはずのドアが、スッと開いた。

「——その通りだぜ、小松」

鬼沢が、拳銃を手に、立っていたのだ。

「兄貴……」

小松の顔から血の気が引いた。

「なあ、小松」

鬼沢が、ゆっくりと部屋に入って来て、ドアを閉めた。左手にかまえた拳銃は小松をピタリと狙って動かない。

「お前も、仏心を出すようになっちゃおしまいだな」

と、鬼沢は言った。

「兄貴、待ってくれよ。俺はただ——」

「この女に何をしゃべるつもりだったんだ？　言ってみな」

育子は、鬼沢の手の拳銃など、目に入らない様子だった。

「和代はどうなったんです！　教えてください」

と、小松にすがりつく。

小松は、じっと鬼沢の目を見ていた。――殺される、と思った。

「ねえ、教えて！　和代は――」

「どけ！」

小松が、凄い力で育子を突き飛ばした。育子はふっ飛んで、ベッドの上に転がり、さらにその向こう側に落ちた。

短い銃声がした。

育子は、起き上がり、鬼沢たちの方を見て、アッと声を上げるところだった。

小松が、腹を押えて、床に膝をついていた。

「兄貴……」

「なあ。悪党は百パーセント悪党でなきゃいけねえんだ。でなきゃこうして死ぬしかないんだぜ」

「畜生！――あんた、人間じゃねえ！」

小松が絞り出すような声で言った。

「そうとも。人間ならこんなことはやってねえさ」

鬼沢は、ニヤリと笑った。

育子は、小松の足下に、広がって行く血だまりを、信じられない思いで見ていた。——私のせいで、私のために、この人は殺された。

育子は、彼女を抱こうとして、どうしても抱けなかった小松の、あのカラッとした笑い声を、思い出した。

「楽にしてやるぜ」

鬼沢が、銃口を小松の顔へ向けた。

「あんたも……仏心を出したのかい」

と、小松がやり返す。

「なあに、ぐずぐずしてる奴を見るのが嫌いなだけだ」

鬼沢は、「あばよ、小松」

と、引き金を引こうとした。

「やめて！」

育子は、我知らず飛び出していた。

小松の前に膝をつくと、鬼沢の方を向いて、

「ひどいじゃありませんか！　この人はあなたの子分なんでしょう！」

「おい、こりゃ驚いたな」

鬼沢は笑って、「小松に惚れたのか、今度は？　お前も惚れっぽい女だな」

「どきな、奥さん……」

と、小松が、呻くように言った。「一緒にやられるぜ。情けなんて、かけらもない奴だ」

「苛々《いらいら》する野郎だ」

鬼沢は、苛立っていた。「――そうか、二人とも死にたいのか。それもいいだろう。仲良く心中といくか」

「どくんだ、奥さん！」

小松の手を、しかし、育子は振り払った。

「いいえ。私、どきません」

育子は、真っ直ぐに鬼沢を見返していた。

どうしたんだろう？　私は一体どうしてしまったんだろう？

和代を助け出さなきゃいけないというのに。

ここで死ぬわけにはいかないのに。

しかし、そんな理屈とは別のところで、育子は、激しく燃える怒りに圧倒されていた。

脅迫され、子供を奪われ、今、殺されるかもしれない。そう思うと、突然、何も怖くなってしまった。

いや、我が子を救うために、今、ここで負けてはいけない、と、本能的に感じていたのかもしれない。

「この人を撃つなら、その前に私を撃って」

と、育子は、小松をかばって立った。

「呆れた奴だ」

鬼沢が顔を紅潮させて、「いいか、俺が殺さないと思ってるのか？　お前なしだってな、あいつを殺せるんだぞ。そんな甘い考えでいるのなら――」

「早く引き金を引いたら？」

と、育子が言った。「怖いの？」

この言葉が、鬼沢をカッとさせた。

「何だと？　俺が怖がってる、だと？」

鬼沢の注意が、育子一人に向いていた。

小松が、ナイフをポケットから出していたことを、見落としていたのである。

小松の手からナイフが飛んだ。

が、血のりに汚れた手は滑って、ナイフは鬼沢の右手をかすめた。

「アッ！」

と、鬼沢が声を上げた。

右手の包帯をナイフがかすめたのだ。和代のかみついた傷である。思いがけないほどの苦痛で、鬼沢はよろけて、後ずさった。

ガタッと音がして、ドアにもたれると、

「貴様！」

鬼沢は左手をのばし、拳銃の狙いを育子に定めた。

パン。――短い銃声。

だが、その音は、さっきの音より、少し遠く聞こえた。

育子も小松も、撃たれていなかった。

鬼沢は、何だか呆然とした様子で、二人を眺めて、ドアにもたれたまま立っている。

と――鬼沢の手から拳銃が落ちた。

コトン、と音をたてて、拳銃が転がる。

そして、鬼沢は、よろけるように、二、三歩前に出ると、その場に崩れ落ちた。

ドアの真ん中に、黒ずんだ穴が開いていた。

育子は、駆け寄ってドアを開けた。

「当たりましたか」

と、克巳が言った。「いや、ドアがスチールでなくてよかった」

克巳は、小松の方へ目をやった。

「――何だ、お前か！」

「あんたは……」

小松は、目をみはって、「じゃ……兄貴が殺そうとしてたのは……」

「そうらしいな」

「馬鹿なことだ……」

小松の顔が引きつった。いや、笑ったらしい。

そして、小松が、床にドサッと伏せた。

「まあ――」

育子が口を押えた。「死んじゃった……」

克巳は駆け寄ると、小松の首筋に手を当てた。

「いや、生きてる。急いで救急車を」

「はい！」

「あなたのお子さんのことを知っているのは、この男だけだ。早く！」

育子は、電話へと飛びついた。

その間に、克巳は、ナイフでベッドのシーツを切り裂くと、それで小松の傷口をきつく縛った。

「私はここにいられません。――一旦姿を消しますが、また連絡します」

と、克巳は言った。

「分かりました」

育子は肯いた。「和代は――生きてるんでしょうか」

「話は表で聞いていましたが――。もし、この小松が、あなたの子供さんを殺すように言いつけられたとしたら、たぶん大丈夫。小松はそんなことのできる奴じゃありませんよ」

「私もそう思います」

「元気を出して。小松についていてやりなさい。意識を取り戻したら、子供さんのことをお訊きなさい」

「はい。あなたは――」

「私の方も、弟の妻の命がかかっているのです。こうなったら、あなたの彼氏に会うしかない」

「分かりました。会えるように何とかしてみますわ」

「では」

克巳は、素早く姿を消した。

育子は、ホテルの従業員がやって来ても、じっと小松のそばについて、離れなかった……。


「姉さん。——あの子、どこの子なんだい？」

と、正実が訊いた。

「え？」

美香がちょっと迷ってから、「うん、ちょっとね。友だちから預かったのよ」

と答える。

何しろ正実は刑事だ。妙なことは言えないのである。

「——面白いですねえ」

リル子の方は、美香が見せてやったインテリア・デザインの本を夢中になって眺めている。

「ねえ君」

と、正実の方が、少々ソワソワしている。「そろそろ帰った方が——」

「もうちょっと！」

「いいわよ、別に」

と、美香は笑って言った。「こっちは別に急ぐわけじゃないんだから」

「すみません、どれ見ても素敵に見えちゃうんだもの！」

リル子は、目を輝かせている。「ね、私たちの新居にはどんなデザインがいい？」

正実が目を丸くした。

「――あら、あなたたち、そういうことになってたの？」

美香が二人の顔を見ると、

「いや僕は生涯……」

正実の、生涯独身というモットーも、大分力を失いつつあるようだった。

――この分なら、まとまるかもしれないわ。

美香は、仲人好きのおばさんみたいなことを考えて、一人でニヤニヤしている。

――美香は、店の奥の部屋へと入って行った。

例の女の子――上坂和代は、スヤスヤと寝入っている。

起こすのも可哀そうな気がして、

「ここへ泊まっていくかな……」

と、美香は呟いた。

仕事が（もちろん、本業のデザインの方だが）忙しいときは、ここに泊まり込むこともある。

もう河野恭子には帰ってもらっていたが、美香は一人住まいだから、ここにいたって、別に困ることはない。

それとも、この子を連れて、近くのホテルにでも泊まるか……。

子供ねえ。——可愛いものなんだろうなあ。

圭介の妻、岐子のことも、気にかかっている。誘拐されたきり、何の連絡もないらしいが、生きているのだろうか？

岐子を殺すという理由は思い当たらないが、世の中には、妙なのがいくらもいる。ま、私も多少はその「妙なの」に近いんだけどね。

店の方で、何やら話し声——正実の声ではない。

「おじさまには感謝してるわ」

と、リル子が言っていた。

美香が出てみると、克巳がやって来たところだった。

「克巳兄さん」

「やあ。——お客か。にぎやかだな」

克巳は笑顔だったが、どことなく、緊張したものが感じられる。

「すっかりお邪魔してるの」

と、リル子が言った。

「いいのよ」

美香は微笑んで、「兄さん、二人の邪魔しちゃだめよ。こっちへ来たら?」

「ああ、そうしよう」

克巳は、ちょっと正実をつついて、「しっかりやれよ」

と、からかってから、奥の部屋へと入って来た。

「――どうかしたの?」

と、美香が訊く。「岐子さんのこと?」

「いや、追ってる線があったんだがな」

と、克巳は低い声で言った。「ちょっと途中でつまずいた」

「そう……」

「切れちまったわけじゃない。まだ望みは――」

克巳は、ソファに寝ている女の子に気が付いて、「何だ、この子は? いつから子持ちになった?」

「よしてよ」

美香が苦笑して、「ちょっと預かってるだけよ」

「圭介の方から連絡は？」

「今のところないわ」

「そうか」

克巳は、ため息をついた。「向こうが何か言って来れば、手の打ちようもあるんだがな……」

「その、お兄さんのたぐってる線はどうなの？　時間がかかりそう？」

「そうはかからないと思う。しかし、一日二日は、どうしてもむだになるだろうな」

「そう……」

と、美香が肯いた。

さて、店の方では——。

「新居ってねえ、君……」

「いやなの？」

と、リル子は、ジロッと正実をにらむ。

「いや——だけど——」

大体、はっきりしないのが正実のくせである。

「じゃ、あなた、結婚する気もないのに、私とああいう仲になったわけ？」

リル子も、正実の性格をよく分かっているのである。

なに、今までだって恋人は何人もいたのだが、正実の方はそんなこと言い出したりはしない。

あくまでリル子への責任という観点に立てば、そりゃ結婚しなきゃいけないと思い込んでも無理はない。

リル子は、その辺の正実の心理を、うまくついているのである。

「そりゃまあ……僕も男として……」

正実が口の中でモゴモゴ言っていると、電話が鳴り出した。

「私、出るわ」

と、リル子が言った。「お姉さんを呼んで」

「うん」

正実が奥の部屋のドアを叩く。

リル子が受話器を取った。

「はい。——もしもし？——え？」

リル子が目をパチクリさせていると、美香が出て来た。

「あの——ちょっとお待ちください」

リル子が、ポカンとして、美香の方を振り向く。

「ごめんなさい。誰から？」

と、美香が受話器を受け取る。

「あの——男の人です」

「あら、そう」

「『誘拐犯から、電話が入ったよ』と言ってますけど」

と、リル子が言った。

寝室会談

「誘拐犯だって？」

それを聞いた正実が、急いで駆け寄ってくる。

「一体何の話だい？」

美香と克巳は、顔を見合わせた。

克巳は、ため息をついた。――悪いところへかかって来たものだ。

もちろん、圭介からの電話だろう。まさか電話を取ったのが正実の恋人で、すぐそばに正実がいるとは思うまい。

正実は、たちまち刑事の顔に戻ってしまって、美香の手から受話器を引ったくった。

「もしもし！――圭介兄さんじゃないか。誘拐犯だって？　それじゃ、岐子さんが？」

「――おい」

克巳が、正実の肩を叩いた。「ちょっと貸せ」

「え？　でも——」

「いいから」

克巳が、今度は受話器を取る。「——ああ、俺だ」

「兄さん？」

圭介は、わけが分からない様子で、「どうなってるの？　美香にかけたのに——。最初の女の子は？」

「ほら、正実の彼女だ」

「あ、そうか。でも——どうして正実たちがそこに……」

「運が悪かったのさ」

そりゃ圭介としては、面食《めんく》らうだろう。美香にかけたのに、別の娘が出て、次に正実が出て、その次が克巳である。

「正実にばれちゃったね」

と、圭介が言った。

「そうだな。仕方ない。——向こうの要求は？」

「それが、ともかくある場所へ出て来い、っていうだけなんだ。金とか、他の要求はないんだよ」

「場所というと？」

「それが、よく……。住所を聞いたんだけどね。何だか、町の中だよ。ただどんな場所かは見当がつかない」

「そこへお前一人で？」

「いや、一人じゃない」

と、圭介は言った。「――早川家全員で来い、っていうんだ」

「ほう」

克巳は、圭介の話を聞こうと頭をくっつけて来る正実を肘でつついて、向こうへやりながら、「つまり――」

「お袋と、兄妹、全部ってことらしいよ」

「なるほど。――時間は？」

「それはまだ。僕の方が粘ったんだ。みんな忙しいし、すぐ連絡はつかない、と言って」

「よくやった」

「明日、同じ時間に電話して来る、と言ってたよ」

「一日稼げたな。大違いだ」

「うん。でも――正実は？」

と、圭介が不安そうに言った。

「ああ」

克巳は、息がかかりそうな所に立って、目をギラつかせている正実を見て、ちょっとため息をつくと、「盛りのついた犬みたいに吠えてるよ。ちょっと止められそうにないな」

「吠えてない！」

と、正実がムッとしたように言った。

「ともかく、心配するな」

と、克巳は言った。「決して岐子さんが危なくなるようにはしない」

「うん、分かった」

と、圭介は落ちついた声で言った。

「後でそっちへ行く」

克巳は受話器を戻した。

「ちょっと！」

と、美香が腕組みして、「その電話、私にかかって来たんじゃなかったの？」

「おっと、失礼」

克巳は頭を叩いた。「つい、うっかりしてたよ」

「兄さん！　どうして僕に教えてくれなかったの！」

と、正実が顔を真っ赤にしている。

「おい、落ちつけよ。——いいか、お前の気持ちはよく分かるが……」

「岐子さんを助けるんだ！　僕はたとえ日本中の警官を総動員しても、岐子さんを助けてみせる！」

「正実——」

「明日、また電話して来るんだね？　よし！　逆探知の装置をつけて、犯人をつかまえてやる！」

「あのな——」

「心配しないで！　圭介兄さんに、僕が必ず岐子さんを助け出すと言っておいて！」

正実が、ダダッと駆け出し、奥の部屋へと飛び込んで行った。

ややあって、正実は出て来ると、

「出口はこっちじゃなかったっけ」

と、呟きながら、今度は出口の方へと歩いて行く。

正実が出て行った後、しばらくは誰も口をきかなかった。

「やれやれ、だわ」

美香が、椅子にドサッと腰をおろす。「ぶん殴って、のしときゃ良かったのに」

「そういうわけにもいかないさ」

「で、向こうの要求は？」

と、美香が訊いた。

克巳の話に、美香は肯いて、

「――早川家皆殺しを狙ってるのかしら」

「縁起でもねえな」

と、克巳は苦笑した。

「あの……」

と言ったのは、リル子だった。

「ああ、そうだ。君、家へ帰った方がいいんじゃないか？」

「ええ、でも――何だか、私、悪いことしたみたい」

リル子は、半ば途方にくれながら、「私が電話、取らなけりゃ――」

「まあ、いいさ。済んだことをあれこれ言っても始まらない」

克巳は、リル子の肩を軽く叩いた。「送って行こうか？」

「大丈夫。でも――帰りたくないわ」

リル子は、キュッと唇を結んで、一つ息をつくと、

「私、もう早川家の一人のつもりですもの！　お手伝いするわ」

と言った。

美香が、ため息をついて、天井を見上げた……。

「――どうなるの？」

美香は、克巳にそっと声をかけた。


所変わって――ここは圭介のマンションである。

いつもなら、圭介と岐子、二人だけの、静かな愛の巣で、ま、せいぜいそれに時々、克巳や美香、正実、母親の香代子が顔を出す程度なのだが、今は――。

「よし！　どうだ、逆探知の機械は？」

と、声を張り上げているのは正実である。

そして、決して狭いわけではないが、それでも広いとは言えないマンションの部屋に、今は刑事たちが溢れていた。

それは多少オーバーな表現にしても、印象としては、その通りだった。

何しろ、やたら右往左往していたからである。

「これじゃ、もし、誘拐した奴がここを見張っていたとしたら、たちまち警察が来てるのがばれちまうな」

と、克巳は言った。

「といって、今さらやめさせるわけにもいかないし――」

美香は首を振って、「やっぱり正実を、のしとくべきだったわよ」

「こっちへ」

と、克巳は、美香を促して、奥の寝室へ入って行った。

ベッドでは、上坂和代が眠っている。

「この子も、いい迷惑ね」

と、美香が毛布をかけてやりながら、「あちこち引っ張り回されて」

「どこの子なんだ？」

と、克巳は訊いた。

まさか上坂育子の子とは思わないのである。

「ちょっとね」

と、美香も、ごまかして、「お母さんは来るの？」

「こっちへ向かってる」

と、克巳は小さな椅子に腰をかけた。

「困ったわね。正実に知られたばかりに、こっちは動きが取れないわ」

美香は渋い顔で、「——あの石頭と来たら！」

と呟いた。

「どうしたらいいかな？」

と、入って来たのは圭介である。

「何だ、いいのか、あっちにいなくて」

と、克巳が顔を上げた。

「正実の奴、一人で張り切ってるよ」

圭介は苦笑した。「僕はどうも邪魔、みたいだ」

「まあ、そうカリカリするな」

克巳は、圭介の肩を叩いた。「いいか、相手の狙いは、金でもお前一人でもない。早川家全員だ」

「うん。どうしてこんな——」

「今は、それを考えるときじゃない」

克巳は遮って、「俺が言いたいのは、警察が乗り出して来たぐらいで、やり方を変えるような連中じゃないってことさ。——同じことだよ。正実が知っていようと、知っていまいと」

「うん……」

「俺は、却って、これがいい方向へ向けられるかもしれない、と思ってるんだ」

「というと？」

「つまりだな——」

と、克巳は言いかけて、寝室の入口をヒョイと見た。

「私も同感だね」

と、入って来たのは、香代子である。

「母さん！」

「圭介、心配することないよ。私たちがついてるからね」

香代子が、ポンと圭介の肩を叩く。

「うん」

圭介は肯いた。

そして、これだけで、何だかこの場のムードが、大分明るくなって来たのである。

母親というのは、実際大したものだ。

「私も、克巳の言ったことに賛成だね」

と、香代子は、ベッドの端に腰をおろして、「向こうは、まさか一一〇番するとは思っちゃいないよ。だから、この事態に戸惑うさ」

「そうですな」

と、また別の声が……。

「ああ、入ってちょうだい」

と香代子は言った。「みんな、見覚えがあるだろ?」

入って来たのは、福地である。

「やあ、これは……」

と、克巳は言った。

「力を貸してくれることになってね」

と、香代子は言った。「福地さん、どこかへかけとくれ」

「いや、大丈夫です」

「そう。それで――あら」

香代子は、ベッドに寝ている上坂和代に気付いて、

「この子、誰なの?」

と言った。

「私が預かってるの」

と、美香が言った。

「そう。お前の子じゃないのね？」

「いきなりこんな大きな子ができるわけないでしょ」

「それもそうね。――でも、利口そうな、しっかりした感じの子だわ」

「母さん」

と、圭介が言った。「明日、また向こうは電話して来るんだよ」

「そうらしいね。その場所はどんな所なの？」

「地図で見たよ」

と、圭介が地図を広げる。「しかし、別に目立つものはないんだ」

「地図じゃだめだ」

と、克巳が即座に言った。「現場へ行ってみなきゃな」

「その通りです」

と、福地が言った。「朝、昼、晩、と三回、行ってみるともっといいのですが」

「俺が行こう」

と、克巳は言った。

「でも、顔を知られてるわ」

と、美香が言った。「もちろん、私も、だけど」

「私が行きましょう」

福地が言った。「ただ、本当は一人でない方がいい」

「一緒に行く！」

と、元気な声がした。

リル子だ。――克巳は呆れて、

「帰ったんじゃなかったのか？」

「だって、私、正実さんの婚約者だもん。早川家の一人として、ここに加わるべきだと思ったの」

――寝室というのは、本来眠るための部屋で、ベッド以外のスペースは、大して必要ない。

ここも、ベッドは大き目だが、その他の空間は、さほど広くなかった。

そこに、香代子、克巳、圭介、美香、加えて福地にリル子。ベッドの上の和代……。

寝室の温度が上がりそうな混雑だった。

「——では、ご一緒に参りましょう」

と、福地は微笑んで、「車は？」

「私のが」

「結構ですね。——ところで、圭介さん」

「はあ」

「演技の経験は？」

「演技というと——芝居ですか」

「そうです」

「あんまり……」

「もちろん、奥様のことを案じられているのは本当のことですから、それを多少オーバーにやっていただければよろしいので」

「何をやるんです？」

と、圭介は、キョトンとして言った。

「記者会見です」

「あの——TVなんかでやってるやつですか？」

「そうです。岐子さんの誘拐を、広く、TVや新聞に訴えるのです」

福地の言葉に、圭介が唖然としていると、

「——ここ、どこ？」

上坂和代が、ベッドに起き上がって、目をパチクリさせているのだった……。

「——大丈夫かな、本当に」

と、圭介は不安顔である。

「私はいいアイデアだと思うわ」

と、美香が肯く。

「同感だ」

克巳が圭介の肩をポンと叩いた。「しっかりやれよ」

「うん……」

圭介の方も、複雑な面持ちである。

ここはホテルの一室——。といっても、泊まる部屋じゃなくて、宴会用の部屋のわきについている小部屋である。

披露宴なんかやるときに、「××家控え室」になるのだろう。

ここに圭介も控えていたのだった。

「――お飲み物を」

と、ホテルの方がサービスしてくれる。

「どうも……」

圭介は、水割りのグラスを取ると一気に飲みほした。

「酔っぱらわないでよ、兄さん」

と、美香がつついた。

「少しアルコールでも入ってなきゃ、やってられないよ」

圭介はため息をついた。

――例の福地のアイデアで、「涙の記者会見」を開くことになったのである。

克巳としても、もちろん多少の危険があることは承知していた。

しかし、岐子を誘拐した連中は、早川家の面々が、それぞれにその道のプロであることを承知しているはずである。

つまり、女房を誘拐されたからといって、警察へ届けるようなことをするとは、思ってみないだろう。

向こうにとっても、岐子を殺すわけにはいかないのだ。何といっても、早川一家は、そうたやすく狙える相手ではない。

つまり、岐子を生かしておくことが、向こうにとっても必要なのである。

そこを逆手に取る。こっちから「脅迫」してやるのだ。

確かに、これはうまい手かもしれなかった。

「――準備ができましたが」

と、ホテルの担当者がやって来て言った。「ええと――ご主人様はどちらで」

「僕です」

と、圭介は立ち上がった。

「は、さようで」

ホテルの方も戸惑っているだろう。

そりゃ、記者会見といっても、色々ある。政治家からスターの離婚発表まで。

しかし、誘拐された女の夫の記者会見ってのは、まず前例があるまい。

「ええ――この度は大変ご心痛のことで」

と、ホテルの方はさすがにそつがない。

「どうも……」

圭介も、福地に言われた通り、重々しく、力ない様子で答えた。

実際、あんまり寝ていないので、目も充血しているし、それに、

「一応TVに出るんだったら……」

とヒゲをそろうとしたのも、

「それがいいんじゃありませんか！」

と福地に止められたので、何ともパッとしないヒゲづらになっている。

「では、あちらの広間にお席が――」

案内する方も、どこか荘重な面持ちになっている。

「どうも」

圭介が、歩き出す。

「では――」

「いざ」

と、時代劇風のやりとりがあって、圭介は小部屋を出て行った。

「――おい」

と、克巳が美香の方へ肯いて見せる。

「分かってるわよ」

美香は、バッグを開けると、メガネを取り出してかけ、ブラシで髪の形を少し変えた。

着ていたスーツの上に、地味なコートをヒョイとはおる。

それで、もうとても美香には見えない。

手帳など手にしていれば、立派に女性記者で通用する。

「巧《うま》いもんだな」

と、克巳は感心した。

「じゃ、行って来るわ」

と、美香は言って、いたずらっぽくウインクして見せた。

会見に集まる記者たちの中へ紛れ込もうというのである。敵の誰かが、様子を見に来ていないとも限らないからだ。

克巳は、控えの小部屋に一人で残って、コーヒーを飲んでいた。

と、電話が鳴り出す。

克巳が取ると、

「あの――すみません、そちらに――」

と、女の声。

「やあ、奥さん。私です」

上坂育子である。

「良かった！　言われた番号へかけたら、たぶんそちらだと——」

「いや、すみませんね。こっちもごたごたしていて」

と、克巳は言った。

「あの——TVニュースで、ちょっと見ましたわ。あの誘拐されたというのが——」

「弟の女房です」

「そうですか。——赤ちゃんが生まれるところだとか」

「そうなんですよ」

「ひどいことをする人がいるんですね」

と、上坂育子は、憤然とした調子で言った。

「ところで、小松の方は？」

と、克巳が訊く。

「ええ、それがまだ意識不明で。——命はどうやら取り留めそうなんですけど」

「すると、お子さんの行方も——」

「はい。分からないままです」

克巳も、まさか当の娘が美香の手もとにいるとは思っていない。

「それはご心配ですね。しかし、小松は子供を殺すような奴じゃない。まず大丈夫ですよ」

「そううかがったので、少し安心していますの」

「ご主人は？」

「夫ですか。——あの人は仕事に出ていますわ」

「こんなときに？」

「私も、何もかも話したんです。でも、怒るでもなく、殴るでもなくて、ただ、『今日は忙しいから休めない』と言って」

「なるほど」

「拍子抜けしてしまいました」

「いや、奥さん、人間は、あまりショックを受けると、いつもの通りに行動することしか考えられなくなるものですよ」

と、克巳は言った。

「そうでしょうか……。あの人、和代のことを愛していないのかと——」

「そうじゃありますまい。もちろん、そういう冷たい人間も、中にはいるが。——お子さんが戻ったときの様子をご覧になるといいですよ」

「ええ、そうしますわ」

克巳は、ふと苦笑した。

俺がこんなことを説教する柄かね、全く……。

「それで――」

と、育子が言った。「あの人と連絡がつきましたの」

「あの人？――つまり、あなたの恋人ですね」

克巳は、鋭い口調になって、訊き返していた。

正実の名を名乗って、神田久子と会っていた男だ。

「そうです。直接に連絡はできないのですけれど、今日の午後四時に会えることになっています」

「場所は？」

「いつもの所――小学校の裏ですの」

「なるほど。教育的な場所だ」

と、克巳は言った。「お宅の近くの小学校ですね」

克巳は、育子の説明を頭に入れた。

「――私は行きませんが、よろしいでしょうか」

「大丈夫、任せてください」

「でも、彼は車で来ます」

「分かりました。後はご心配なく」

「はい。——今、病院の外から、かけていますの。戻って、様子を訊いてみますわ」

「そうしてください。小松は頑丈な奴ですから、そうたやすくへたばりゃしません」

克巳は、少し冗談めかして言った……。

——来るか。

その男に会って、話ができれば、岐子を誘拐した犯人たちのことも、何か分かるかもしれない。

克巳は、足早に、控えの小部屋を出て行った。——まだ充分に時間はある。


圭介は、面食らっていた。

ともかく、記者会見なんてやったこともない。——ま、普通の人間が、あまりやるものではないが。

それにしても、芸能人でもないのに、こんなに大勢……。

実際、その広間は、百人を越える、記者やTV局のカメラマン、レポーターなどで熱気が立ちこめていた。

カーッとライトが当てられて、カメラのレンズが、何十も圭介の方をにらみつけている。

圭介は、汗を拭った。

冷や汗もあったが、それだけではない。ともかく暑いのである。

「――それでは、さっそく記者会見に入りたいと思います」

と、司会者が言った。

司会者というのも妙なものだが、ともかくこういう人間がいないと始まらないのも事実である。

「事件は、皆さんもご存知の通り、こちらにおいでの早川圭介さんの妻、岐子さんが、非道にも誘拐され、今もって行方が分からないというものです」

そりゃ、分かってりゃ連れ戻しに行くけど、なんて圭介は考えていた。

「――ご本人は、マスコミを通して、犯人の良心に訴えたい、とのお気持ちから、こうして会見の席を設けられたわけです」

しかし、これを準備したのは、あの福地である。

不思議な男だ。一体どういう人物なのだろう？

「では、早川圭介さん。どうぞ」

圭介は、目の前の、十本を下らないマイクに向かって、ちょっと咳払いをした。

そうだ。ここは、岐子のことだけを考えよう。

誘拐されて、岐子がどうしているか……。

死んでいるなんてことはあるまいが——しかし、万一そんなことに——。

そんなはずはない！

「信じています」

と、圭介は、言った。「岐子が、生きていることを」

「——この辺ですね」

と、リル子は車を停めて、言った。

「なるほど、にぎやかな所だ」

福地が周囲を見回す。

いわゆる商店街というのではないが、高級な毛皮の店や、宝石商、美術商などの店が並んで、道ばたに駐車してあるのも、ほとんどが外車。

「歩いてみましょう」

と、福地は外へ出た。

「ええ」

リル子が、車をおりて周囲を見回した。

「見て歩くには退屈しない所ね」

「車は、いいんですか？」

「こういう所は、あまり持って行かれませんわ」

と、リル子が言った。「持って行かれたら、却っていいわ。買い替えればいいんだから」

「なるほど」

と、福地は笑った。

「歩きましょ」

リル子は福地の腕を取った。「お金持ちのおじさんと、恋人の女子大生、って図かしらね？」

「光栄ですな」

二人は、ゆっくりと歩き出した。

「――早川家の人たちって、みんな、とてもすてき」

と、リル子が言った。

「同感です」

と、福地が肯く。

「古いお付き合い？」

「それほどでもありませんが、かなり深いお付き合いですね」

「私は、あの克巳さんに憧れてたの。でも、今は末っ子の方」

「あのお巡りさん？」

「犬のお巡りさん、ってとこかしら」

と、リル子は笑って、「あんな律儀《りちぎ》な人、今どきいないわ」

「それは確かですな」

「ね、あの人と結婚しようと思ってるの」

「それはおめでとう」

「私、早川家の一員になる資格、あると思います？」

福地は肯いて、

「充分ですよ」

と請け合った。

「嬉しい！」

リル子は、ピョンと飛びはねた。

「あの一家は、一人一人が個性的で、輝いていますからね」

「私もそう思うわ。どうしてああいう風に見えるのかしらね」

「あなたも、女大泥棒にでもなれば、ああ見えるかもしれませんよ」

「大泥棒？　カッコいいわね！」

と、リル子は笑った。

まさか、本当のことだとは、思ってもいないのである。

「この辺ですね、向こうの指定して来たのは」

と、福地が足を止める。

「でも——何もないわ」

そう。そこは店の切れた辺りだった。

しかし、福地は、何事か気付いた様子で、

「なるほど」

と、肯いていた。

女レポーター

「出産を間近に控えた若妻を誘拐するというこの卑劣な犯罪を、断じて許しておくわけにはいきません！」

ＴＶカメラに向かって、マイクを手に、甲高い声を張り上げる女性レポーターの顔は、興奮のためか、真っ赤に紅潮していた。

「ぜひとも、早川岐子さんを、お腹の赤ちゃんともども無事に取り戻すのです。そのために、今、このＴＶをご覧の、全国の皆さんに訴えたいと思います。――早川岐子さんに似た人を見かけた方、もしくは、誘拐犯かもしれないと思われる、怪しい行動を見せている人間を見られた方、どうぞＴＶ局の次の番号へお電話ください！」

やたら大きな字で電話番号を書いたパネルの方にカメラが向いた。

「この番号に、二十四時間、いつでも係員が待機しています！　もう一度、早川岐子さんの最近のビデオテープをご覧ください。なお服装は、ビデオのときと、ほぼ同じものと見られます」

カメラが下りた。

「はい、ご苦労様」

と、長井《なが い》タツ子は、額の汗を拭った。

「凄い熱の入りようだったね」

と、カメラモニターを見ていたスタッフが言った。

「だって、私も女だもの。他人事じゃないわ」

長井タツ子は、TVレポーターとして、この一年、犯罪ものを中心に追いかけていた。

「局の方で、ちゃんとビデオを流してくれてるんでしょうね」

と、タツ子はモニターの小さな画面を見ながら、言った。「この前は、私が、『では、ビデオをご覧ください』って言ったら、CMになったのよ。見っともないっちゃなかったわ」

「大丈夫だろ。今日の事件には、かなり神経を使ってるはずだよ」

しかし、誘拐された早川岐子のビデオが残っていて、本当に良かった、とタツ子は思った。

もちろん、岐子がTVに出演したわけではない。圭介が、子供が生まれたら、成長記録をビデオにとっておこうと、8ミリビデオを買い込んで来た。そして、岐子が台所で料理しているところを、ためし撮りしていたのである。

初めてビデオカメラを扱ったにしては、きれいにとれていて、各TV局が、そのテープを何度も流していた。

もちろん、顔写真を出してもいるが、動いて、表情の見えるビデオは、印象も絶対に強い。

もし、岐子を目撃した人間がいれば、必ず思い出すに違いない、と長井タツ子は思った。岐子は、それに、人目を惹く美人で、極めて魅力的だった。

「――さて、引き揚げるか」

と、スタッフの一人が、重い機材をかかえ上げる。

「タッちゃん、局へ戻るんだろ？」

「私、ちょっと打ち合わせが入ってるの、この後に」

「じゃ、先に引き揚げるよ」

「ええ、夜のミーティングまでには局へ戻るから。そう言っといて」

「了解」

スタッフが、ホテルの廊下をゾロゾロと引き揚げて行く。

他の局も、それぞれ、記者会見の中継の後にコメントをつけて、収録を終え、片付けにかかっていた。

長井タツ子は、宴会場のロビーのソファに座って、タバコに火を点けた。

仕事を一つ終えた後の、快いけだるさが青い煙になって、立ち昇って行く。

タツ子は、もともとダンサー志望で、レッスン中に足首を痛めて、結局アナウンサーに方向転換。スタイルとルックスの良さでTVに出ると、たちまちあちこちから目をつけられ、このレポーター役に抜擢《ばってき》されたのだった。

スラックスをピシッとはいた長い足は、人目を惹くに充分だ。

他の局にも、もちろん顔見知りが大勢いて、タツ子に声をかけて行く。

「あら、帰らないの？」

「また、この後、他の仕事なの」

と、タツ子は、声をかけて来た、他の局の女性レポーターに返事を投げた。

「そんなこと言って、恋人とデートじゃないの？」

と、向こうが笑う。

「ばれてた？　しゃべったら、そっちのこともスッパ抜くぞ」

「お互い、秘密は守ろうね。——じゃ」

「バイバイ」

もちろん、双方、本気で言っているわけではない。

しかし——実は、タツ子の方は、本当にデートだった。

わざわざああ言った方が、却って本当にされないのである。

タツ子は、ロビーが空になると、タバコを灰皿へ押し潰して、立ち上がった。

近くに置いてある館内電話を取る。

「——交換台？　一九〇五をお願い」

少し、鳴り続けた。何してんだろ？　苛々していると、

「はい」

と、男の声。

「何してたのよ？」

「シャワー浴びてて、聞こえなかったんだ。ごめん。もう終わったのか？」

「ええ」

「じゃ、すぐ上がって来いよ」

「ルームサービスを頼んどいて。ステーキね」

「こんな時間に？」

「私のエネルギー源なのよ。それじゃね」

タツ子は、電話を切って、口笛を吹きながら、エレベーターの方へと歩き出した。

もちろん、タツ子はタレントじゃないから、恋人といたって別にまずいことはない。ただ、最近はレポーターといえども、多少目立つ存在になるとカメラに狙われることも珍しくないのだ。

タツ子も、このレポーター役を足がかりに、将来は俳優になりたいと思っていたので、スキャンダルは、できるだけ避けたい気持ちがあった。

エレベーターが来るのを待っていると、

「Tテレビの長井タツ子様――」

と、館内放送があった。「お近くの電話で、交換台までご連絡ください。Tテレビの長井タツ子様……」

「いやねえ」

急の仕事で、帰って来い、かしら？

一つ終わったら、少しは休ませてほしいわ。――しかし、出ないわけにもいかない。

タツ子は、エレベーターがちょうどやって来たのを、恨めしげに見て、また、さっきの電話の所まで駆け戻らなくてはならなかった。

「――もしもし。長井タツ子です」

「お電話が入っております」

「どうも。――もしもし」

タツ子は、呼びかけたが、一向に相手が出ない。

「――もしもし。――どなた？」

いや、つながってはいるのだ。ただ、向こうが口をきかないのである。

「もしもし？」

と、タツ子はくり返した。

やはり、何も言わない。――腹が立って、タツ子は、

「ふざけないでよ！」

と、受話器に当たると、叩きつけるように置いた。

「全くもう……。頭に来ちゃう！」

エレベーターの所へ戻ってみると、上がって行ったばかりで、しばらく待たされてしまった。

やっと、十九階へ上がり、恋人の待つ、一九〇五号室へ、小走りに急ぐ。

食事をしなくちゃいけないし、その後のことを考えると、愛し合う時間はあまりないの

だ。

それをまた、あの妙な電話で、遅らせられてしまった。

ドアをノックして、

「開けて。私よ」

と、声をかける。

ドアがスッと開いた。――タツ子は、ベッドに、彼が横になっているのを見て、そっちへ歩き出したが――。

彼がベッドにいるのに、なぜドアが開いたのかしら、と、ふと思った。

バタン、と背後でドアが閉まった。びっくりして振り向くと、見たことのない男が立っていた。

「あなた、誰?」

「あんたに頼みたいことがあってね」

ニヤついてはいるが、人を威圧するようなものを持っている。きちんと背広は着ているが、サラリーマンではなかった。

「何ですって?」

「TVで見るより大きいね」

と、男はジロッとタツ子の全身を眺めた。

「どうしてここに――」

「余計なことを訊くと、恋人のようなことになるよ」

「え？」

タツ子は、シーツをかぶって寝ている恋人の方へ駆け寄り、シーツをめくった。

悲鳴が、口からかすかに洩れる。

恋人は、血に染まって、もう命がないのは一目で分かった。

「あんたはそうなりたくあるまい」

と、男は、平坦な口調で言った。

「何なのよ！――どうして――」

タツ子は、男の手に拳銃があるのを見て、言葉を切った。

これは何なのかしら？　誰かが、そう、スタッフの誰かが、〈ドッキリカメラ〉か何かをしかけてるんだわ。

だって――あんなサイレンサー付きの拳銃をつきつけられるなんて……。

そんなこと、映画やＴＶの中でしか起こりっこないじゃないの！

「――ジョークだと思ってるのかね」

男は、タツ子の気持ちを見抜いたようで、いきなり引き金を引いた。ドン、という詰まった音がして、ナイトテーブルの、目覚まし時計が粉々になって吹っ飛んだ。

タツ子は、ガタガタ震えながら、ベッドに腰をおろした。

「何だ、事件に食いついて行く、勇ましいレポーターにしちゃ、情けないな」

と、男は笑った。「しかし、こっちも時間がないのでね。あんたと遊んじゃいられないんだ」

「ど、どうしろと……」

「電話をかけろ。下の宴会場の控え室だ」

「控え室……に？」

「まだ、早川圭介がいるはずだ。インタビューを申し込め」

「でも――みんな帰っちゃったわ」

「向こうは、あんたのことなんか憶えちゃいねえよ。雑誌の記者、とでも言っとけ。――いいか、今からうかがいますから、と言うんだ。分かったな」

タツ子は、肯いた。

「――よし、かけろ」

銃口がじっとにらんでいるのだ。言われる通りにするしかない。

タツ子は、交換台を呼んで、控え室へつないでもらった。

「――はい、控え室です」

「あの――早川圭介さんは、まだおいででしょうか」

何とか、普通に近い声が出た。

「――早川です」

「あ、あの――私、さっき、記者会見に出ていた者で、〈R〉という雑誌の記者なんですけど……。もし――できましたら、お目にかかって、もう少しお話をうかがいたいんです」

「さっき話したこと以外は、何もありませんよ」

「いえ――私、やっぱり女として、とても心配なんですの。直接お話をうかがって、記事をまとめたい、と……。お時間は取らせません」

「分かりました。くたびれてるんですが、少しなら、どうぞ」

「すみません。そっちへすぐ参ります」

タツ子は、受話器を置いて、体中で息を吐き出した。

「――さすが商売だな」

と、男はニヤリと笑って、「じゃ、行こうぜ」

「一体、何をするつもり?」

と、タツ子は言った。「あんたは——誘拐した一味なのね?」

「どうかな。しかし、俺の顔は忘れた方が、身のためだぜ。さあ、行くんだ」

と、男が促す。

タツ子は、ドアの方へと歩き出した。そのとき、ドアをノックする音。

「——ルームサービスでございます」

と、女性の声がした。

「ずいぶん早いな」

男は舌打ちすると、ベッドの上の死体にシーツをかけ、「——受け取れ。ドアから中へ入れるなよ」

と、低い声で言って、素早くドアのわきへと身を寄せた。

内開きのドアなのだ。ちょうどその陰に隠れることになる。

タツ子は、歩いて行ってドアを開けた。

「あの——」

とも言わない内に、タツ子はいきなりドンと胸を突かれて、後ろへ転がった。

——飛び込んで来たのは、女だった。ドアに体をぶつけて、男を壁との間に叩きつける。

「ウッ！」

と、男が呻いて、拳銃を落とした。

女は、素早く拳銃を拾い上げ、男に銃口を向けた。

タツ子は、何がどうなったのか、さっぱり分からず、床に座り込んだまま、目をパチクリさせている。

メガネをかけ、一見、記者風のスーツ姿の女性——もちろん、美香である。

「畜生！」

男が、手を押えて、呻くと、美香は引き金を引いた。足を撃たれて、男が床に倒れる。

「——岐子さんはどこ？」

美香が、ドアを閉め、倒れた男へ銃口を向けた。「二度は訊かないわよ。この次は腕を撃つわ。分かってるわね？」

美香の声は、あくまでも冷ややかだった。

裏道の秘密

「福地さん——」

と、香代子は、ソファに腰をおろした。「どんな様子だったの？」

「いや、どうも……」

福地は、軽く息をついた。「あのお嬢さんはなかなかユニークな方だ。もし早川家の一員になっても、充分にやって行けそうですよ」

「私もそう思ってたのよ」

と、香代子は肯いた。

——圭介が記者会見をやったホテル。

そのロビーである。

誘拐犯が指定して来た場所を、下見に行った福地が戻って来たところだ。リル子は、正実に会いたいというので、一足先に圭介のマンションに戻っていた。

「早川さん」

と、福地は、ちょっと周囲に目をやった。

「何かあったようね」

「ええ。——実は、例の場所へ行ってみたんですがね」

と、福地は少し声を低くして、「分かりましたよ。向こうがなぜあそこを指定して来たのか」

「というと？」

「例の有名な、S宝石店。あの、ちょうど真裏なんです」

「裏？——でも、地図で見ると、大分離れてない？」

「そうなんです。しかも、町名の変わり目で、そんなに近いとは誰も思いません。しかし、実際に行ってみますとね、間にあるはずの家はもう取り壊されていて、空地——というか駐車場になっているんです」

「なるほどね」

「宝石店の裏口が、直接目に入ります。あれはどう見ても偶然とは思えませんよ」

「そうでしょうね」

香代子は肯いた。「すると、向こうの狙いは——」

「早川一家をあそこに集めておいて、一方であの店の宝石を狙う。あなたの犯行と思わせるのが目的ですよ」

「なるほどね。でも、回りくどいことを考えたものだわね」

と、香代子は感心したように言った。

「かなり悪知恵の働く奴ですね。宝石は、いただいて、早川一家を片付けられる、と。一石二鳥を狙ったんでしょう。誰の仕掛けたことなのか、ちょっと分かりませんが……」

と、言いかけて、福地は言葉を切った。

香代子の顔に浮かんだ、微妙な表情に、気付いたのである。

「——早川さん。何か思い当たることでもあったんですか」

「ちょっと、ね」

香代子は、曖昧な調子で言うと、「でも、まだこれは胸にしまっておいた方が良さそうだわ」

と、微笑んだ。

「分かりました」

「でも、そうなると、事が公《おおやけ》になって、向こうはあわてるでしょうね」

「そうですとも。何しろ、早川一家があの場所にいる理由が、ちゃんと警察に分かってるんですから。向こうの理屈は通用しなくなる」

「中止すると思う?」

「早川さんなら、どうなさいます?」

福地の言葉に、香代子はちょっと考え込んでいたが、やがて、はっきりと言った。

「やるわね」

「そうでしょう。私も同感です」

と、福地が肯く。

「これだけ、人手をかけて、相当お金もつかっているはずよ。中止すれば大損害」

「そう。やめたくてもやめられない、ってところでしょう」

「面白いわね」

と、香代子は微笑んだ。「ますます岐子さんは大切な人質ってことになるわ」

「そうです。向こうにとって切り札は、それしかない」

「それで——」

と、香代子は座り直した。「福地さんとしては、何を企《たくら》んでるわけ?」

「企む?」

「そういう顔をしてるわ」

福地は、ちょっと笑って、

「いや、かないませんな。確かに、ふと思い付いたことはありますが……」

「たぶん、私と同じことを考えたのね」

「たぶん、ね……」

二人は、少し黙っていた。

「——もちろん、私としても、岐子さんの命が危なくなるようなことはしたくないわ」

と、香代子は言った。「でも、人間、商売のことも考えないとね」

「同感です」

福地は、肯いて、「どうです、ここは力を合わせて」

「結構な話ね。——じゃア、早速二人を呼びましょう」

と、香代子は言った。「あら……」

美香が足早にやって来る。

「お母さん、ここだったの」

「どうかしたの？　お前にしちゃせかせか歩いてるね」

「ちょっと事件なの」

と、美香は言った。「福地さん、悪いけど——」

「何でしょう？」

「一九〇五号室に、死体が二つあるわ。ホテルの人に連絡してくれない？」

「分かりました」

福地は驚く様子もない。さっさと立って行った。

「お前がやったの？」

と、香代子が訊いた。

「違うわよ。私、人殺しなんて嫌い」

と、美香は顔をしかめた。「岐子さんの居場所を訊き出せると思ったのに……」

「じゃあ――」

「毒をのんで、死んじゃった。――なかなかプロだわ、相手は」

「そう」

香代子は肯いた。「お前も気を付けとくれ。まだ若いんだからね」

「心配いらない。――それより、何か分かったの？」

香代子は、おっとりと、

「まあ、ぼちぼちね」

と言っただけだった。

車が、少しスピードを落としながら走って来る。

四時だった。小学校の裏。──約束通りの時間だ。

その男は、車の窓から、人を捜すように、視線を走らせていた。車はゆっくり走っていたが──。

ドン、と何かが車にぶつかる音がして、男は、ハッとしてブレーキを踏んだ。

キッ、と車が停まる。

「しまった！」

誰かをはねてしまったらしい。──男は、あわてて車から降りた。

男が一人、道のわきにうずくまっていた。

「おい、大丈夫か？──けがしたのか？」

と、駆け寄って行ってかがみ込んだが……。

青くなったのは、倒れた方の男ではなかった。

かがみ込んだ男の腹に、ピタリと拳銃が当てられたのである。

「声を出すなよ」

と、起き上がったのは、もちろん克巳である。

「おい……何の真似だよ」

「若いの、車へ乗りな」

と、克巳は言った。「急いでな」

「ああ……」

「少しドライブしようぜ」

克巳を助手席に、車はゆっくりと走り出した。

「――何の用だよ?」

と、その若い男は、やっと少しショックから立ち直ったのか、ちょっとふてくされた様子で、克巳に言った。

「俺を知ってるか?」

と、克巳は言った。

「知るかい、そんなこと」

「早川克巳だ」

名前を聞いて、若い男は、ギョッと目を見開いた。手が左右へふらつく。

「しっかりしろ!」

克巳が、左手でハンドルをつかんで車を立て直した。「――二人で心中はごめんだからな」

男の方は冷や汗を浮かべている。

「殺すのか？」

と、訊く声は、震えていた。

「時と場所によるな」

克巳は、のんびりと言った。「俺は都心を走るのが好きなんだ。高速に乗ろうじゃないか」

「高速に？　どこへ行くんだよ？」

「言われた通りにすりゃいいのさ」

と、克巳は微笑んだ。「いいか。二度は言わない。二度目は俺の代わりに、弾丸がものを言ってくれる」

「――分かった」

車は、高速道路の入口へと入って行く。

「料金は払っといてくれ」

と、克巳は言った。

十分ほど走ると、車は早々と渋滞に巻き込まれた。

「ゆっくり行こう」

克巳は、少し寛《くつろ》いだ様子で、

「お前が早川正実を名乗って、神田久子と会ってたってことは分かってる。偶然、正実の名をかたったわけじゃあるまい」

男は、黙っていた。――しかし、ハンドルを持つ手が、細かく震えている。

「神田久子は旦那に殺された。可哀そうにな。――上坂育子も、その内殺されるかもしれないな」

若い男は、ハッとした様子で、克巳を見た。

「旦那が、かぎつけたのか？」

と訊く。

「打ちあけたようだぜ」

「馬鹿なことをして！」

と、男が首を振る。「ちゃんと、気を付けろと言ったんだ」

「言い訳にゃなるまい」

と、克巳は笑った。「ほら、前が空いてるぜ。――しかし、上坂育子は大丈夫だ。殺されるようなこともあるまい」

「そうか」

男はホッとした様子だった。どうやら、本気で心配していたようだ。

「俺が知りたいのは、お前がどうして、正実の名をかたったのか、だ。俺の名を聞いて青くなったんだから、俺がどういう商売の人間かも分かってるだろう。——誰に言われたんだ？」

若い男は、少し間を置いて、

「分かった。しゃべるよ」

と言った。「ただ、その前に……」

「何だ？」

「上坂育子は本当に大丈夫かい？　どうして旦那に打ちあけたりしたんだろう」

こいつはあの女房に惚れているらしい、と克巳は思った。

「いいさ、教えてやろう」

克巳は、育子の娘の和代が、鬼沢に誘拐されたいきさつを話してやった。

「——つまり、そのきっかけになったのが、お前とあの育子の写真だったわけさ」

「そうか！——畜生！」

と、男は呟いた。「でたらめ言いやがって……」

「誰がだ？」

と、克巳は訊いた。

「俺は、そんなに詳しいことは知らないよ。本当だ。ただ――」

と言いかけて、「俺は市村《いちむら》っていうんだ」

「市村ね」

「本当だぜ」

「嘘だとは言ってないよ」

「心配だったんだ、本当に。あの奥さん、いい人だからな」

「上坂育子のことか？」

「そうさ」

「そう聞きゃ、当人も喜ぶだろう」

克巳は皮肉でなく言った。

「今日も、会ったら、話をしようと思ってたんだ。もうやめた方がいい、って」

「お前をあの奥さんと組み合わせたのは、例の浮気のサークル？」

「それもあるけど、大体、あれ自体が、裏じゃ暴力団とつながってるんだ」

「そんなことだろうな」

と、克巳は肯いた。

「だから、話があったとき——」

と言いかけたとき、克巳は、ふと、車線の外の細い路肩を、オートバイが一台、駆けて来るのを、バックミラーで見た。

「伏せろ!」

克巳は、市村というその若い男を押し倒すようにして、自分も席へ伏せた。

ガン、ガン、と耳を打つ音がして、窓ガラスが砕けた。

狙撃したのだ! 克巳は、下から窓の方へ向けて一発撃ち返した。

もちろん当たらないが、銃を持っていることは向こうにも分かる。

ブルル、とエンジンの音がして、オートバイが走り去る。

「待ってろよ!」

克巳は、起き上がって、窓から覗いた。オートバイは、車の列のわきを抜けて先へ行ってしまう。

「だめか……」

と、克巳は呟いた。「おい、大丈夫か」

「な、何とか……」

と、起き上がって、市村は、

「アッ！」

と声を上げた。

「かすったな」

肩から血が出ている。

「――仕方ねえな。病院へ連れてってやろう」

「で、でも、車が……」

「待ってろ」

克巳は、また、オートバイが――今度は何か配達しているらしい、荷物を積んだオートバイである――やって来るのに目を留めた。

「おい！　停まれ！」

と、手を上げると、オートバイが、スピードを落として、

「何だよ、危ないな」

と、ヘルメットを外す。

大学生らしい。アルバイトなのだろう。

「オートバイ、貸してくれ。けが人なんだ」

「冗談じゃねえよ」

「いいじゃないか」

克巳は、さっとオートバイの荷物を外して車の中へ放り込む。「代わりにこの車をやるから」

「おい……」

と、その大学生は目を丸くして克巳を見た。

リル子の追跡《ついせき》

待つ、というのは、なかなか辛いものである。

特に、いつかかって来るかも分からない電話を待つというのは。——それが誘拐犯からの脅迫電話となれば、なおさらだ。

「アーア」

と、刑事の一人が欠伸をした。

「おい！」

と、とたんに声が飛んで来る。「何だ、欠伸なんかして！」

もちろん、声の主は正実である。

「誘拐された女性は、今、どんな目に遭ってるか分からないんだぞ！　彼女の気持ちを考えれば、欠伸なんかしてられないはずだ」

何しろ誘拐されたのが、他ならぬ圭介の妻である。正実の意気込みは、並み大抵のものではない。

誘拐犯から、もう一度電話がかかることになっていたので、こうして、圭介のマンションで、電話の前に座って、交替で、かかって来るのを待っているのだ。

「大丈夫。居眠りはしないよ」

「眠らなきゃいいって言うのか！」

と、もう正実の方はむきになっている。

正実の肩に、手がかかった。

「何だ、うるさい！」

と、振り向きざま怒鳴った正実は、「やあ、君か……」

とたんに、ＴＶのチャンネルでも切りかえたように、優しい顔と声になっていた。

リル子が、立っていたからである。

「お邪魔だった？」

と、リル子が、ちょっとすねたように言った。

「邪魔だなんて、そんなことないよ」

「だって、今、『うるさい！』って怒鳴ったわ」

「僕が？　そりゃきっと聞き違いだよ。誰かその辺の他の奴が言ったんだ」

「そう？」

「そうさ！　君のことを、うるさい、なんて言うわけないじゃないか」

「それならいいけど……。じゃ、あっちで少しお話ししましょ」

「いいよ。——おい、犯人から電話があったら……」

電話の前の刑事が呆れ顔で、

「呼んでやるよ」

「犯人にちょっと待っててくれ、と言ってくれ」

正実の言葉に、相手の刑事は啞然とした……。

正実とリル子は、寝室へ入った。

もちろん、圭介のマンションだから、ここも圭介と岐子の使っている寝室である。

「——あんまりカリカリしちゃいけないわ」

リル子は、正実と並んでベッドに腰をおろすと、正実の肩に手を回した。

「僕は別に——」

「何にでも一生懸命になるのが、あなたのいいところだってことは、私もよく分かってるの。でも、人間って、情熱をためておくことも必要だわ」

「情熱を？」

「そう。――私をベッドに誘うときみたいにね」

そう言って、リル子は、正実にキスした。――欠伸してるどころじゃないが、自分のことなると、やはり人間は別なのである。

「うん……。よく分かるよ」

「ね？　人間、いざってときに行動できればいいんだから。それまでは少しぐらい欠伸しようが、居眠りしようが構わないじゃないの」

「全くだ」

と、正実は肯く。

分かっていて肯いているのかどうか。ともかく惚れた身では、リル子の言うことは、何でも正しいのである。

「そういう素直なところが、あなたのいいところよ」

と、リル子がまた正実にキスする。

「そうかな……」

「そうよ」

「じゃ、ちょっと話して来るよ」

と、正実は立ち上がった。

正実は、居間の方へ出て行くと、

「おい！　どうして欠伸しないんだ！」

と怒鳴ったのだった。

リル子は、ベッドに座ったまま、それを聞いていて、吹き出してしまった。

「――ねえ」

と、突然後ろで声がして、リル子は、

「キャッ！」

と、飛び上がった。

てっきり、他には誰もいないと思っていたのだ。振り向くと、美香の連れて来た、あの女の子――上坂和代が、キョトンとした顔で立っているのだった。

「あ、あなた、そこにいたの」

「うん」

と、和代は肯いて、「声かけたかったんだけど、邪魔しちゃ悪いと思って」

「気をつかっていただいて……」

と、リル子は苦笑した。

「お腹空いちゃったんだけど、何かない？」

と、和代は訊いた。

「え?——何も食べてないの?」

「十時ごろまで寝てたんだけど」

「それにしたって……。まあ、可哀そうに」

リル子は、立ち上がると、「じゃ、お姉ちゃんと一緒に、何か食べに行こう」

と、和代の手を取った。

居間では、正実が、他の刑事たち相手に、

「いいか! 人間、必要なときに、その力を発揮できればいいのだ!」

と、リル子からの受け売りの演説をぶっている。

「——言ってかなくていいの?」

と、和代が、リル子に言った。

「大丈夫よ、すぐ戻って来るんだから」

リル子は、和代の手を引いて、圭介の部屋を出た。

——マンションから出ると、ちょうど道を挟んで、小ぎれいなレストランがある。

「ここへ入ろう」

と、リル子が言うと、

和代は力強く答えた……。

「うん！」

「よっぽど、お腹が空いてたのね」

と、リル子は呟いた。

和代は、カレーライスをきれいに平らげ、さらにスパゲッティを、半分以上食べ終わっていたのである。

その間、リル子は紅茶を一杯飲んだだけだった……。

リル子も、和代の、この気持ちいいくらいの食べっぷりを見ていると、何となくお腹が空かないと悪いような気がして来て（?）、

「すみません」

と、ウェイトレスを呼んだ。「私、ピラフをください」

そんなことなら、初めから注文しときゃいいのに、とでも言いたげな顔で、リル子をジロッと見ると、ウェイトレスは、伝票に注文を書き足して行った。

「——おいしかった！」

和代は、息をついた。スパゲッティの皿も、空になっている。

「もう、お腹一杯？」

と、リル子が笑顔になって訊くと、

「うん」

と肯いて、「でも、アイスクリームぐらいなら入るよ」

と、付け加えた。

「偉いわね！――この子にアイスクリームを」

と、注文しておいて、「ね、あなた、美香さんの知り合いの子？」

「知り合い……」

と、和代は、ちょっと考えて、「まあそんなとこね」

「まあ！　言ってくれるじゃない」

リル子は笑って言った。

「大丈夫。黙ってるから」

「何を？」

「さっき、キスしてたこと」

リル子は、咳払いして、

「あのね、私たちは婚約してるから、別にキスしてもいいのよ」

「そうなの？」

と、和代が真面目な顔で訊いて来る。

「そ、そうよ」

「婚約してると、どこまで許されるの？」

リル子は、少々焦ってしまった。

「それはその——色々、事情や立場によって——」

と、しどろもどろになったが、「ほら、お客さんが来たから、こういうお話はやめましょうね」

「どうして？」

「どうしてって——」

「そういう偏見が、一番いけないんだよ」

と、説教されてしまう。

リル子はため息をついた。——正実と結婚して子供が生まれたら、もっと理屈っぽい子になるかもしれない。

「——その話は、またにしようね」

と、和代の方が助けてくれた。

「そうね」

リル子は、冷や汗をかいていた。

「ねえ」

と、和代は、急に低い声になって、言った。

「なあに?」

「振り向かないでね」

「何のこと?」

「今、店に入って来た人、おかしいよ」

「どうして?」

「感じが。怪しい奴だよ」

和代としては、あの鬼沢に殺されかけているのだ。まともでない人間というものを、体から発散する雰囲気で、捉えている。

つい、具体的に目に見えるもので判断してしまう大人よりも、却って正確かもしれない。

「そう?」

もちろん、リル子としては半信半疑である。

「——あの家の人、さらわれたんでしょ?」

と、和代は、さらに声を低くして訊く。

「そうよ」

「じゃ、犯人かもしれないよ。様子を見に来たのかも」

「そうね……」

「わざわざ、マンションの見える席に座ったよ。今も、外を見てる」

リル子は、振り向かずに、何とかその男を見たいと思った。——そうだわ。

バッグを開けて、コンパクトを取り出す。

鏡を目の前でそっと動かしてみる。

どこだ？——小さな鏡の中に、その男の顔を映すというのは、そう簡単じゃないのである。

苦労していると、和代が言った。

「トイレに行ってくれれば？」

「あ、そ、そうね」

子供の方が、よほどしっかりしている。

リル子は、立ち上がると、店の奥の方へと歩いて行った。

トイレのドアを開けながら、窓際の席へと目をやる。

コートをはおった男が、コーヒーだけを取って、座っている。横顔しか見えないが、見たところでは普通の人間だ（当然のことだ）。

別に角も生えていないし、牙をむき出してもいない。

しかし、いやに無表情な男だということは事実だった。

リル子はトイレに入ると、洗面台で水だけ流して、出て来た。

その男の姿がない。――見回すと、男は、店の入口の所にある赤電話の所に立っているのだった。

和代がリル子を見て、ちょっと肯いて見せる。そう。――確かに、怪しい。

もしかしたら、あの電話は――。

男はごく簡単に話を終えたらしい。すぐに受話器を置くと、そのまま席へは戻らず、カウンターの方へ行って、金を払った。

そして、すぐに店を出て行ってしまう。

リル子は、とっさに、自分もその赤電話へと駆け寄った。

あの圭介さんの部屋、何番だっけ？――手帳、手帳に確か書いてある……。そう、これだ！

急いでかけてみると、

「はい、早川です」

と、圭介の声。

「圭介さん？　リル子です」

「おい、君、どこにいるんだ？」

と、正実の声が割り込んで来る。

「表のレストラン。今、誘拐犯から電話あった？」

「うん、たった今だ。でも——」

「やっぱり！」

リル子は、表に目をやった。あのコートの男が、タクシーを停めるところだ。

「犯人はここから電話したのよ！」

「何だって？」

「今、表でタクシーを拾ったわ！」

「分かった！」

正実たちが飛び出しても、とても間に合わない。もう、タクシーに、男は乗り込んでしまっている。

「ここにいて！」

リル子は、和代の方へ声をかけると、レストランを飛び出した。

タクシーが走り去る。――リル子は、反対の方向から、空車が来るのを見付けて、ほとんど反射的に飛び出していた。

キッ、とブレーキが鳴って、

「おい！　危ないよ！」

と、運転手が怒鳴る。

「あのタクシーを追って！」

と、リル子は、声をかけた。

「ええ？　Uターンできないよ、ここは」

リル子が、財布から一万円札を二、三枚つかみ出して見せると、すぐドアが開いた。

「急いで！　人の命がかかってるのよ！」

「あいよ！」

運転手の方も、割合に乗りやすい性質らしく、かなり無理なUターンを敢行すると、ぐっとアクセルを踏み込んだ。

リル子の乗ったタクシーが走り去って、ほんの数秒の後、正実と他に数人の刑事がマンションから駆け出して来た。

「――どこだ！」

「見えないぞ……」

ハアハア息を切らしていると、

「ねえ」

と、和代がやって来た。

「君……。リル子君と一緒だったのか」

「そう。あのお姉ちゃん、他のタクシーで、追っかけてったよ」

「何だって？」

正実が目を丸くした。「一人で？」

「運転手さんも入れたら二人だけど」

と、和代が言った。

二人目の誘拐《ゆうかい》

「こんな遠くまで連れて来て……」

と、市村は文句を言った。

「じゃ、その辺の医者へ行って、警察へ連絡された方が良かったのか？」

と、克巳は言い返した。「銃で撃たれた傷だってことは、すぐに分かるぞ」

「分かったよ」

市村は、渋々肯いた。「だけど、車まで、あんな奴にくれてやって……」

「高速道路の真ん中だぜ」

と、克巳は言った。「逃げられやしない。今ごろ、警察があの車を調べてるだろう。前後の車の奴が見てただろうからな」

「それにしたって――」

「損したことにもなるまい？　どうせ盗んだ車じゃないか」

市村がギクリとした。

「どうして分かった？」

克巳が笑って、

「気の小さい奴だ。ひっかけてみただけさ」

と言うと、市村は顔を真っ赤にして、

「畜生！」

と、ふてくされた。

克巳と市村は、古ぼけた病院の待合室に座っていた。肩を撃たれた市村を後ろに乗っけて、克巳がここまで運んで来たのである。

「この医者は大丈夫」

と、克巳が言った。「傷を治すことにしか興味がない。原因が何か、ってことは治療が済んだら、きれいに忘れてくれる。その代わり、少々高いけどな」

「分かったよ」

思いがけず、市村は笑った。「あんたにゃ、とてもかなわねえ」

「分かりゃいい」

と、克巳は肯いた。「――薬はまだかな」

もう、傷の手当ては終わっていた。今は、薬を出してくれるのを待っているところだ。

「看護婦なんて洒落《しやれ》たものは置いてないから、少し時間はかかるけどな」

「平気だよ」

と、市村が言った。「薬なんかいらねえ。もう行こうぜ」

「だめだ」

克巳は首を振って、「強いことと、強がるってことは違うんだ。いいか。——いくら強がっても、けがや病気にゃ勝てないんだ。憶えとけ」

市村は、物珍しそうな目つきで克巳を眺めて、

「わりと理屈っぽいんだな、あんたは」

「理屈ってのは大切なんだぜ。世の中、たいてい悪いことは理屈を馬鹿にしたから起こるんだ」

「やれやれ」

市村は笑って、「有名な殺し屋にお説教されるとは思わなかった」

無愛想、かつ無表情な医者が、フラリと出て来ると、

「薬だ」

と、白い紙袋を、克巳へ渡した。

「どうも。――世話になったね。また、頼むぜ」

克巳は立ち上がった。

「客が礼を言うこたない。まあ、死んだらここじゃ診てやれんが、そうでなきゃいつでも来い」

医者は、そう言うと、奥へ引っ込んで行った。

「面白い医者だな」

市村は、もう靴をはいていた。「治療費は払うよ」

「いいさ。俺に知ってることをしゃべってくれりゃな」

「大したことは知らないけど、知ってることは話すよ」

市村は、くもりガラスの、少し歪んだ扉に手をかけた。

「待て」

と、克巳は言った。「外の様子を確かめてからに――」

遅かった。克巳とて、それほど心配していたわけではない。

だから、いざ出ようとするときになって、声をかけたのである。

だが、くもりガラスには、開けようとする市村の影が動いたはずだ、それが標的になった。

銃声が三回、立て続けに聞こえて、同時に、ガラスが砕けた。

市村の体が、待合室の中へと吹っ飛んだ。克巳は床へ身を投げ出すと同時に、拳銃を抜いていた。

「おい！」

手を伸ばして、市村の腕をつかむ。——だめだ。

手遅れだ、と分かった。

ブルル、とオートバイの音。克巳は、扉からは出ずに、薄汚れた窓の方へと駆け寄った。

克巳が出て行くのを、向こうは待ち構えているかもしれないのだ。

オートバイが走り去っていく。——どうやら、他にはいないようだ。

「しつこい奴だ！」

克巳は、腹立たしげに呟いた。

まさか、ここまで尾けて来ているとは思わなかったのである。

「——何だ、うるさいな」

と、医者が出て来て、倒れている市村を見下ろした。「やられたのか」

「ああ。——しくじったよ」

克巳は首を振った。「死んでるだろ？」

医者は、一応市村の方へかがみ込んで、調べていたが、やがて顔を上げると、

「だめだ」

と、一言、立ち上がって、「——片付けといてくれ」

と言うと、また奥へ引っ込んで行く。

克巳は、壊れた扉の修理代を、誰もいない窓口に置くと、電話をかけた。

「——俺だよ」

「あんたか」

と、眠そうな声が言った。「無事だったのか」

いつも、克巳に仕事の仲介をして来る男である。——そういえば、市村が正実の名をかたって、神田正一が、克巳に殺しを依頼して来たのも、この男から話が回って来たのだった。

「どうしてだ?」

と、克巳は訊き返した。

「いや、あんたがやられたって、噂が飛んでるよ」

「残念ながらピンピンしてる」

「俺は嬉しいよ、その方が。何か用かい?」

「仏さんを一つ、片付けてくれ。先生の所にある」

「先生？――ああ、あのヤブ医者か」

「そうだ。急いで頼む」

「分かった。すぐ人をやるよ」

克巳は電話を切った。

何があっても、ここの医者に迷惑はかけられない。お互い、そういう了解があるのだ。

市村も、どこかよそでやられたことにしなくてはならない。遠くへ運んで……。

そのとき、市村が、

「ウーン……」

と、呻いて、動いた。

克巳は仰天して、

「おい！　先生！」

と、怒鳴った。「動いたぞ！　生きてるぞ！」

「うん？」

医者が、食べかけのカップラーメンを手に出て来た。

「手当てしろよ！　まだ息がある！」

「分かっとる」

「分かってるなら、どうして──」

「ラーメンがのびちまうからな。ま、動いたんじゃしょうがない。診てやるか……」

克巳もさすがに唖然として、そして、

「俺が撃たれたときは、ラーメンを作ってないように祈ってるよ」

と呟いた……。


リル子がタクシーで、誘拐犯の一味らしい男を追っかけて行って、もちろん一番あわてたのは正実である。

「タクシーだ！　タクシーを手配しろ！」

と、他の刑事に向かって喚《わめ》いた。

「どこのタクシーだ？　ナンバーは？」

「知るか！　見てないんだ！」

「じゃ、手配のしようがないよ」

「そんな呑気なことを言ってられるか！　東京のタクシーを、全部手配しろ！」

無茶な話である。

「ねえ」

と、正実をつついたのは、上坂和代で……。

「何だい？　子供は黙ってなさい」

「あのお姉ちゃんの乗ってったタクシー、N無線だったよ」

「N無線？　本当かい？」

「うん。いつもうちが呼ぶのと同じだった」

「ありがとう！」

正実は、和代をかかえ上げた。「でも──ナンバーも分からないんじゃな……」

「大丈夫だよ」

と、和代が言った。

「どうして？」

「だって、無線がついてるんだよ。呼んでもらえばいいじゃない、ここでお姉ちゃんを乗せた車を」

──和代の方が、よほど落ちついているのである。

しかし……。リル子を乗せたタクシーは、その無線連絡を受ける前に、リル子を降ろしてしまっていた。

前のタクシーが停まり、あの男が、足早に細い道へと入って行ったのである。

「降ろして！」

リル子は、千円札を出すと、「おつりはいいから！」

と、言い捨てて、飛び出して行った。

「三十円、足りねえよ……」

と、運転手は呟いた。

――リル子は、男の消えた細い道へと入って行った。

ここはどの辺だろう？　いやにごみごみした所だけど……。

結構大きな建物が並んでいるが、それでいて、どこか侘《わび》しい雰囲気がある。

「――あ、そうか」

リル子にも、やっと分かった。ラブホテルの並ぶ辺りなのだ。

リル子も、ボーイフレンドと何度か来たことがある。もちろん、ここだったかどうかは憶えていないけれど。

それに、裏口から出入りしたわけじゃないし……。やたらキンキラに、飾り立てているホテルも、裏口の方はずいぶんうらぶれてるのね、などと、こんなときに感心している。

それより……あの男、どこへ行ったんだろう？

やたらに細い露地や、建物の隙間があって、捜しようがない。

せっかく、ここまで追って来たのに……。

諦め切れずにウロウロしていると、

「捜し物かね」

と、声がした。

振り向くと、ちょっと上品な老紳士。こういう場所にはふさわしくない感じだ。

「あの――ちょっと、人を」

と、リル子は言った。

「ほう、人を、ね」

「そうなんです。ちょっと訊きたいことがあって……」

「もしかすると、君の後ろにいる男のことじゃないかね？」

と、老紳士が言った。

「え？」

リル子が振り向くと、確かにさっきの男が、立っている。「――そうだわ！　あんた、岐子さんを誘拐した奴の仲間でしょ！」

リル子は腕まくりした。

「勇ましいな」

と、老紳士が笑った。

「あんたも仲間？　いいわよ、覚悟しなさい！」

リル子はカッカしている。

「――誰が覚悟するんだって？」

他の声がした。

どこから出て来たのか、他の男が、立っている。気が付くと、また二人――三人。

結局、リル子は、五人の男に囲まれてしまった。

「――何よ。何だってのよ！　みんな、おとなしく自首しなさい！」

と、リル子は言った。「さもないと――私がみんなを引っくくって――」

リル子は、引っくくられて、ホテルの部屋の中へと放り込まれた。

「ま、しばらく頭を冷やしてな」

と、男の一人が笑って言うと、ドアを閉めようとした。

「待て」

と、押えて入って来たのは、さっきの老紳士である。

「あんた……こんなことして……」

「気の強い娘だな」

と、老紳士は笑った。「まあ、いくら暴れても、誰も来てくれないよ。このホテルは私のものでね。このフロアには客を入れていない。それに、ドタンバタンとやっても、下の部屋じゃ、上の奴は頑張ってる、と思うだけさ」

リル子も、両手を縛られて、抵抗できないことは、渋々、認めないわけにはいかなかった。

「それに――」

と、老紳士は、けばけばしい装飾の部屋の中を見回して、「このホテルは、防音には特に気をつかっている」

「今度使わせていただくわ」

と、リル子は言ってやった。

「なかなか元気がいいね」

と、老紳士は笑って、「早川家の好みかもしれんな、君のようなタイプは」

「岐子さんは？　ここにいるの？」

「ああ」

と、老紳士はアッサリと肯いて、「他の部屋にね。元気だが、君のように無茶ではないよ」

「本当に元気なら、会わせてよ！」

「会わせて？——いいとも」

老紳士は、ゆっくりとリル子の方へ近付いて行く。リル子は、床にペタンと座り込んでいたが、あわてて後ずさると、

「何よ！——変なことしたら、かみつくからね！」

と、叫んだ。

「逆らったら、もう一人の女が痛い目にあうことになるが、それでもいいかね？」

リル子は、息をのんだ。

夜はふけて……


夜になった。

どんなに幸せな人間にも、不幸な人間にも、夜はやって来るのである。

「——あなた」

上坂育子は、玄関へ入って、声をかけた。

明かりが点いているから、夫が帰っているはずだ。部屋へ上がって、

「あなた……」

と、声をかけてみる。「——変ね」

居間へ入ると、育子は、ちょっとびっくりした。

「まあ、あなたは——」

「勝手にお邪魔してますよ」

と、克巳は言った。

「あの――主人は帰っていませんか？」

もう、十時を回っているのだ。遅いとはいっても、子供が行方不明というのに、いつまでも残業してはいないだろうに。

「私は三十分ほど前に来たんですがね」

と、克巳は言った。「いや、病院の方へ電話したら、奥さんが一旦家へ帰ると言って、出られたということだったので」

「ええ、小松という人、まだ意識不明なものですから。ともかく、一度帰って、夫とも話をしようと思いましたの」

「そうですか。――私が来たときも、明かりは点いていましたよ」

「じゃ、主人、帰ったんだわ。どこに行ったのかしら？――お茶でもお出ししますわね、今すぐ」

と、台所の方へ行きかけた育子へ、

「奥さん」

と、克巳が声をかけた。「これが、テーブルの上にありました」

克巳は、折りたたんだ紙片を、差し出した。

「読んじゃいません」

「どうも……」

と、育子は、それを受け取って、台所へと行き、ガスの火にヤカンをかけた。

紙片を広げると、夫の走り書きだった。

〈明日の朝までの仕事が入っているので、会社に泊まる〉

――それだけだった。

和代のことも、一言も触れていない。育子は、それをギュッと手の中で握りつぶして、くずかごへ捨てた。

すぐにお湯が沸いた。ポットへ移し、お茶をいれると、居間へ運んで行く。

「――どうぞ」

と、克巳へ出して、「薬は入っていませんから」

「どうも」

と、克巳は微笑んだ。

「あの――誘拐された方は？」

「まだ戻っていません。明日の夜中に、引き渡す、と言って来ています」

「ひどい話ですね」

と、育子はソファに腰をおろした。「でも、きっと無事に……」

「そう願ってます」

と、克巳は肯いて、「それから、市村が、撃たれて重体なんですよ」

「市村？」

「あなたの言った『彼』のことです」

育子は、しばらくポカンとして、克巳を眺めていたが、やがて、フッと肩を落として、

「市村、というんですか、あの人」

と、呟くように言った。

そのとき、玄関の方で、

「失礼します」

と、声がした。「誰かいますか」

「はい！」

育子は立ち上がった。

玄関へ出てみると、制服姿の警官である。

「あの……何か？」

と、育子は訊いた。

「どうも。——実は、これが見付かったんです。もしかして、いなくなったというお嬢さ

んのものかと――」

ビニールの袋に入れた女の子の服を、警官は並べて見せた。「どうです？」

育子は、ぼんやりした様子で、それを眺めていた。

「――違いますか。少し血がついていたりしましてね。いや、最悪の事態とは限らないんですが……。奥さん！」

育子は、そのまま気を失って、板の間に倒れた。


「――明日の夜まで、辛抱してね」

と、美香は言った。「もっと食べる？」

「うん」

母親が失神したことなど知る由もない和代は、美香の作ったカレーライスを、気持ちのいい食べっぷりで、食べていた。

「でも、大変ね」

と、和代が言った。

「何が？」

「あんなに歩き回んなきゃいけないの？」

美香は、そっと居間の方へ目をやった。

ここは圭介のマンションだ。——当然、居間には、岐子を誘拐された圭介と、太田リル子を誘拐された(らしい)正実がいた。

他の刑事たちも、一応、また犯人から連絡が来たときに備えて待機していたが、全然目に付かなかった。

といって、別に隠れていたわけではない。ただ——正実と圭介の二人が、やたらに苛々と歩き回っていたので、見ていると目が回りそうだったのである。

「やっぱりね、好きな人が危ない目に遭うと、あんな風になるものなのよ」

と、美香は言った。「きっと、あなたのお母さんもね。でも、もう少し待ってね」

美香は、他ならぬ岐子を誘拐した一味と、この子を預けた小松が関わっているなどとは、思ってもいない。

「いいよ」

と、和代は肯いた。「忙しいもんね、みんな」

あんまりもの分かりのいい子供というのも、可愛げのないものだが、和代の場合、しっかりしていながら、子供らしさを残していて、美香も、つい微笑んでしまうのだった。

こんな子なら、いてもいいわね。——まだ結婚したいという気にはなれない美香も、ついそんな風に考えてしまうのだった。

「——まだ分からないのか！」

と、正実が怒鳴った。

怒鳴ったって、電話が返事をするわけはない。——要するに、リル子を乗せて行ったタクシーが、どの車か、まだ割り出せずにいるのだった。

「正実」

と、圭介が、慰める。「そう焦っても、事態が良くなるわけじゃない」

「じゃ、焦らなきゃ良くなるの？」

と、八つ当たり気味に訊き返す。

「そうじゃないけど……」

「じゃ、放っといてくれ！」

こういうときは、何を言ってもだめである。

だが、焦った効果があったのかどうか、そのとたんに、電話が鳴り出したのである。

リン——といったとたん、正実は受話器を取っていた。

もし、「電話取り競争」というものがあれば、世界新記録が出ていたかもしれない。

「はい！——あ、僕だ。——分かった！　よし、じゃ、その運転手をつかまえといてくれ！」

正実の顔が紅潮した。「――どこだって？――そうか。よし、じゃ、いつでも出られるようにしておく！」

正実は、受話器を置くと、武者震いをした。

「何か分かったのか？」

と、圭介が訊いた。

「やっと運転手が見付かったよ。どこかで用があって、ついさっき、また勤務に戻ったんだ」

「じゃ、どこでリル子さんを降ろしたか、分かるのか？」

「うん、そこへ、これから案内してくれるっていうんだ」

正実は、拳銃を取り出すと、弾丸が入っているのを確かめて、「おい！　一緒に来てくれ！」

と、刑事たちに声をかけた。

「一人残しとけばいいな」

と、圭介は言った。「僕も行こう」

「いいとも。――このマンションの下へ来るというから、降りて待っていよう」

正実たちが、部屋を出て行こうとすると、何を思ったのか、

「ねえ！」

と、和代が足早に歩いて行った。「ちょっと待って」

「何だい？」

と、圭介が振り向く。

「もしかすると、さらわれてた人が見付かるかもしれないでしょ？」

と、和代が訊く。

「そうなるといいけどね」

「その人を愛してるんでしょ？」

圭介は、目をパチクリさせて、

「まあ……ね」

「じゃ、見付かったら、キスするんでしょ」

「え？」

「だったら、ちゃんとヒゲをそって行った方がいいよ。キスされたら痛いもん」

圭介と正実が顔を見合わせる。

聞いていた美香がクスクス笑いながら、

「同感ね！　二人とも、心配そうなのはいいけど、ちゃんとヒゲぐらい当たりなさい。それで気分も落ちつくわ」

正実と圭介は、ちょっとの間、ポカンとしていたが——やがて圭介が微笑んで、

「そうだね、その通りかもしれない」

と、和代の頭にそっと手をのせた。「いいことを言ってくれて、ありがとう」

「どういたしまして」

と、和代はニッコリ笑った。

「——何ですって？」

と言ったのは、早川香代子の手下、小判丈吉である。

「そうなんだよ」

と、香代子は肯いた。

「そんなことが……」

と、呟くように、土方章一が言った。

「私もね、信じられなかったよ、最初は」

と、香代子は首を振った。

ここは、香代子が店を出しているSホテル。その客室である。

香代子が、変名で借りたのだ。

「確かなんですか」

と、ノッポの丈吉が、長い足を持て余し気味に言った。

「確かめたわ。警察の中の友だちを通じてね……」

と、香代子が肯く。

「まさか、ね」

土方章一は、ため息をついた。「仁義も地に落ちたもんだ」

「こっちは落としたくない」

と、丈吉が言った。「ねえ、親分」

「同感だね。――でも、売られたケンカだよ。やるからには勝たなきゃ」

「もちろんです！」

と、章一が憤然として、「そんな無法を通しちゃたまりませんや」

「で、どうします？」

と、丈吉が訊く。

香代子は、「計画」を説明した。――丈吉と章一は、じっと耳を傾けている。

でも、とか、そんなことが、とか、二人は途中では口にしない。

無理な計画なら、初めから香代子が持ち出さない、と分かっているからだ。

香代子の説明を聞き終えると、丈吉が言った。

「時間がありませんね」

と、立ち上がって、「すぐに、店の中の様子を――」

「待って」

香代子は、一枚の紙を広げた。

丈吉と章一は、目を見はった。

「――こんな図面をどこで？」

「ある人から、よ」

と、香代子は微笑んだ。「――ともかく、これはまず信用していいと思うのよ」

丈吉は、じっくりと図面を眺めて、

「少し古い防犯装置だな」

と、肯く。「これなら、大して難しくありません」

「分かってるわ」

香代子が言った。「ただね、難しいのは――」

「何か問題が？」

「ここへ、昼間、忍び込まなきゃいけないってことなのよ」

香代子の言葉に、丈吉と章一は、さすがに面食らった様子だった……。


「――岐子さん」

と、リル子が言った。

「なあに？」

「気分、大丈夫ですか」

――室内は暗かった。

「ありがとう。何ともないわ」

岐子は、暗がりの中でも、微笑んで見せた。声の調子で分かるものだ。

――ラブホテルの一室。

もちろん、あの妙な紳士の一味に、ここへ押しこめられているのだが、岐子もリル子も、別に縛られるでもなく、ベッドに横になっていたのである。

もっとも、岐子はお腹が大きいのだから、縛ったりしなくても、逃げ出すことはできなかった。

「でも、あなたが来てくれて、とっても心強いわ」

と、岐子は言った。

「でも、助け出すつもりで来たのに」

と、リル子は少々照れくさい。「これじゃ何の役にも立たない」

「そんなことないわ」

と、岐子は言った。「一人より二人の方がずっと落ちつくし、励まし合えるもの。――悪かったわね。あなたにこんな迷惑をかけてしまって」

「いいえ！　でも、正実さんが、きっと追いかけて来てくれると思ったのに。見損《みそこ》なっちゃった」

と、リル子はふくれている。

「きっと来るわよ。正実さんは、いざとなったら、猛然と突撃して来るわ」

「間違って、こっちも撃たないでほしいけど……」

リル子は、半ば本気で言った。

「――もうすぐ結着がつくのよ。あの連中の話では」

岐子は目を閉じた。

リル子は、しばらくして、岐子が静かな寝息をたて始めたので、びっくりした。

こんなときに！

リル子は、じっと、憧れの目で、岐子の方を見つめていた。

宝石店の夜

S宝石店のガードマン川井《かわい》は、この道二十五年のベテランであった。ガードマンになったのが二十歳のときだから、まだ四十五歳。気力も体力も衰えていない。

川井はチラッと店の正面を飾る大時計へと目をやった。宝石をちりばめた、これ自体、数億円もするものである。

五時。——閉店まであと一時間だ。

川井は店の中を見回した。客は七人。そのうち四人は一緒にやって来ている。婚約者同士らしい男女と、その女の方の両親。婚約指輪を見に来たらしい。川井は、眺めていて、ふと微笑んだ。

もちろん、この店で婚約指輪を買うというのは、相当な金持ちに限られていて、川井などとは縁のない世界だ。しかし、川井自身は、充分すぎるほどの給料をもらっているし、別にああいう人を羨《うらや》ましいとは思わない。

ああいう人たちには、それなりの苦労もあるのだ。ガードマンとして、永年働いて来た川井には、よく分かっていた。

客が一人出て行く。何か会社の仕事で、品物を選びに来た客だろう。お得意に何かを贈るのかもしれない。

あと客は六人。――川井は、店に入って来た客、出て行く客を、全部頭の中に入れていた。トイレの中などに隠れて、閉店後も残っている人間がいると困る。

店自体がそう混み合うような所ではないし、川井も、人の顔を憶えることにかけてはずば抜けた能力を持っていた。もちろん、川井だって、昼食もとるし、トイレにも行くが昼食をとる小部屋にもトイレにも、ちゃんとモニターTVが置かれていて、店内の様子は分かるのである。

何人入り、何人出て行って、今、店内に何人いるか。川井は常にそれをつかんでいた。

「――じゃ、これに決めるわ」

と、さっきの、婚約中らしい娘が、明るい声で言った。

「――川井さん」

と、女子店員の一人が、声をかけて来た。

「何です?」

「お電話が。お宅からです」

「家から?」

川井は、ちょっと緊張した。よっぽどのことがない限り、ここへは電話するな、と言ってあるのだ。

「分かりました。じゃ、奥で取ります」

川井は、奥の小部屋へ入って行った。

制服姿なので、あまり客の目についてはいけない。店内を歩くときも、できるだけ目立たないように、というのがモットーだった。

昼食をとるのに使う小部屋へ入ると、川井は、電話を取る前に、モニターTVの見える椅子に腰をおろして、目をTVの画面に向けた。

家からの電話……。妻か娘に、何かあったのだろうか? 十八になる一人娘は、やたら活発な子なので、よくけがをする。

受話器を上げ、ボタンを押す。

「もしもし。――洋子か? 俺だ」

「もしもし、あなた」

妻の声が、おかしい。「よく聞いて。今、銃を持った人たちがここへ——」

「何だって？」

「言う通りにしないと、私と弘子を殺すって……。あなた、この人たち、本気よ」

しっかりしてはいるが、洋子の声は震えていた。「あなた……。聞いてる？」

「うん」

川井は言った。「まだ大丈夫か？　お前も弘子も？」

「ええ。今は……。弘子は縛られてるけど」

「——そうか。じゃ、その一人と電話をかわれ」

少し間があって、男の声がした。

「様子は分かったかい」

「何が望みだ」

「言う通りにしろ。夜、店を閉めた後、一人で残って、俺たちを中へ入れるんだ」

「不可能だ。自動警報装置に切りかえてしまうんだから」

「そこをやるのさ。警察が行っても、お前が故障とか間違いと連絡すりゃ、向こうは信用する」

「そううまくは——」

「いかなきゃ、お前の女房と娘は死ぬ」

男の声は、落ちつき払っていた。「その前に、かなり辛い思いをすることになるぜ」

電話の向こうから、押し殺したような叫び声と、泣き声が聞こえて来た。

「おい！　娘に何をしてるんだ！」

川井は顔を真っ赤にして、言った。

「お前が素直に承知しないからさ」

「しかし――」

また悲鳴が聞こえた。今度は洋子らしい。

「分かった。分かったからやめてくれ」

川井は、急いで言った。汗がふき出て来る。

「――よし。十二時ちょうどに、店の前へ行くからな。中から開けろ。いいな」

「ああ。――妻や娘に手を出すな！」

「分かってるとも」

と、向こうは冷ややかに言った。「ともかく、全部が終わるまで、ここには仲間がいて、二人を見張ってる。やばいことになりゃ、即座に二人とも殺すぞ。――いいな」

「分かった」

と、川井は言った。

「妙なことを考えるなよ」

と、男は言った。

電話は切れた。——川井は、震える手で、受話器を置いた。

その間も、目はじっとTVの画面を見つめ、無意識の内に、あの四人が出て行くのを、見守っていた。

弘子……。弘子も、あと何年かすれば、ああして結婚していく……。

危険にはさらせない。——たとえ、ガードマンとしての生命が終わるとしても。

客の一人が、また出て行った。コートを着た、でっぷり太った男だ。

残るのは一人。——川井は、ハンカチを出して汗を拭うと、店の中へと戻って行った。

「どうも」

と、女子店員に礼を言う。

「大丈夫、川井さん？　顔色が悪いわ」

「いえ、何でもないです」

川井は笑って見せた。

残っている一人の客は、もう常連の老人だった。買うことはない。見に来るだけなのである。

かつては相当にいい暮らしをしていたことが分かる。着ている物や、雰囲気がいかにもそうらしいのだ。

しかし今は、とても宝石などを買える身ではないらしい。それでも、飾られた品を眺めては、店員と少し話をするのが、何より楽しみらしいのだ。

店の方でも、迷惑そうな顔は決して見せなかった。

川井は、フッと息をついた。——もう、あまり時間もない。

さっきの電話が悪夢であってくれれば……。

川井は、空しいとは知りつつ、そう思っていた。

いつもの川井なら、見抜いていただろう。さっき出て行った太った男が、来たときより、いやに足取りが軽くなっていたことを……。


「——畜生!」

と、正実は、拳を振り回した。「僕の言うことの、どこが間違ってるって言うんだ!」

「おい、落ちつけよ」

と、克巳は言った。「気持ちは分かるけどな……」

「分かってくれたって仕方ない！　僕は、岐子さんやリル子さんを助けたいんだ！　そのどこがいけないっていうんだ！」

圭介のマンションである。

正実が怒っているのは——例の、リル子を乗せたタクシーが見付かり、降ろした場所へ勢い込んで行ってみると、ラブホテル街の裏手。

そのホテルのどこかにいるに違いない、と正実は確信したのだが、何しろ数が多い上に、あまり人に知られたくないカップルも少なくない。

「片《かた》っ端《ぱし》から手入れする！」

という正実が、警官を五百人出してくれと要請したのが混乱のもとだった。

そんなに大がかりな手入れとなれば、当然マスコミも黙っていない。ホテルの経営者たちから、プライバシーの侵害だという猛烈な抗議が殺到。ついに、警視総監が中止を命じたのである。

「お前も、もう少しうまくやりゃ良かったんだ」

と、克巳は言った。

「僕は、こそこそやるのは嫌いだ！」

と、正実は、相変わらずである。

「──ともかく」

と、圭介が言った。「こっちは言われた通りの時間に行くしかないね」

「一家でな」

克巳は落ちついたものだ。「まだ時間がある。──腹が減るな。何か食って来よう」

克巳の落ちつき払った様子が、正実には気に入らない。一人でカッカして、居間の中を、やたら歩き回っている。

圭介は、ふと気付いて、

「お袋は？」

と言った。

「さあ……」

美香が肩をすくめて、「もうそろそろ来ると思うけど」

「いやしかし……まいったな！」

圭介は、大分やつれていた。

何といっても、一番心配しているのは圭介である。

岐子が生きているかどうか、それすらも確かではない。──そして、圭介のやり切れない辛さは、岐子があんな目に遭《あ》っているのが、他ならぬ自分たち──早川家の人間たちのせいだ、ということから来ていた。

母が泥棒、兄は殺し屋、妹は詐欺師。――こんな一家に嫁に来たおかげで、岐子は誘拐されてしまったのだ。

そうだ、と圭介は思った。もし、岐子が無事に戻ったら――戻らなきゃ困るが――二人で、いや、生まれて来る赤ん坊と三人で、どこか遠くへ移住しよう。

またこんなことがあったら、それこそ大変だ。家族のことを心配するなら、自分自身の、妻と子が第一だ。

「圭介兄さん」

と、美香が、そっと肩に手を置いた。

「元気を出して」

圭介は、微笑んで、美香の手に自分の手を重ねた。

正実は、相変わらず、

「畜生！　俺のどこが――」

と呟きながら、居間の中を、グルグル歩き回っていた……。

いよいよ、という局面を前にすると、却って落ちつくのが克巳である。

ちゃんと食事をして、コーヒーを飲んでいると、

「ここにいたの」

と、母の香代子がやって来た。

「母さん。――今来たの？」

「そうだよ。かけていいかい？」

「もちろん。――正実の奴、苛々してるよ」

「分かってるわ。声だけかけて来たよ」

香代子は、「ああ、私にミルクティーを」

と、注文してから、

「どうなるかね」

と、言った。

「なるようになるさ」

克巳はニヤリと笑って、「できるだけの準備をして、後は運任せ。――人間ってのは、それしかできないよ」

と言った。

「そうだね」

香代子は肯いた。「向こうの狙いは何だと思う?」

「うちを抹殺したいんじゃないの?」

克巳は、アッサリと言った。「こんな善良な一家をね」

「全くだね」

香代子は微笑んだ。

「母さん。僕に何か話なの?」

「そう。——一応ね。今夜、色々危ないことがあるだろ」

「たぶんね」

「もしかしたら、私が死ぬかもしれない」

「まさか」

「死ぬつもりはないよ。でも、そう思い通りにゃいかないこともある」

「うん。そりゃそうだ」

「もしものときは、お前が後をやっておくれ。早川家は名門なんだからね」

香代子の口調は穏やかだったが、真剣そのものだった。

「分かった」

克巳は肯いた。「心配しなくていいよ」

「頼んだよ」

ミルクティーが来ると、そのカップを取り上げて、香代子は、「乾杯」と言った。

――十二時。

S宝石店のシャッターが、かすかに音をたててから、ゆっくりと上がった。

一メートルほど上がって、ピタリと止まる。

道のあちこちに散っていた人影が動きだすと、次々に、その間隙から店の中へと吸い込まれて行った。

暗い店内を、懐中電灯の光が動く。

「――ここだ」

と、川井は言った。

「いたな。シャッターをおろせ」

「妻や娘は無事か」

「大丈夫。約束は守る。明かりは？」

「つけたら、外から目立つ」

「よし。じゃ、非常灯だけでいい。安全装置は？」

「もとを切ってある」

「その調子だ。金庫はどこだ？」

川井は、ちょっと唇を歪めて笑った。

「ここの金庫は大変だぞ」

「こっちはプロさ。案内しろ」

「分かった、——こっちだ」

川井は店の中を歩いて行った。

慣れているから、暗くても、歩いて行くのに不便はない。

「金庫の開け方は知らんよ」

と、川井は言った。

「分かってる。余計な心配をするな」

川井は、地下の金庫室へと、階段を降りて行った。

闇の中の銃声

電話は沈黙していた。

男の一人が、時計を見た。弘子が買ってきた、スヌーピーのついたデジタル時計。

「一時だ」

と、男は言った。「そろそろ電話がかかって来るころだな」

——S宝石店のガードマン、川井の自宅である。

居間のソファに、妻の洋子と、娘の弘子が手足を縛られ、身を寄せ合って、息をひそめていた。

「何かあったのかな」

若い方の、もう一人の男が、ナイフを弄《もてあそ》びながら言った。

「なに、ちょっと手間取っているだけさ」

電話の前に陣取っているのは、中年の、少し頭の禿《は》げた男で、膝に拳銃をのせていた。

この二人が、洋子と弘子を見張るために残っていたのである。

「もう金庫は開いたと思うかい?」

と、若い男が言った。

「そのはずだ。ベテランが揃ってる。抜かりはねえよ」

「そうなりゃ、お前たちも命拾いするってわけだな」

と、若い男が笑いながら、弘子の足に手をのばす。

弘子が、怯《おび》えて身を縮める。

「やめて下さい!」

洋子が、声を絞り出すようにして、言った。

「娘に手を出さないで! 約束じゃありませんか!」

「分かってるよ、おばさん」

と、ナイフを洋子の鼻先へ近付ける。

「ちょっと触ったぐらいでガタガタ言うなよ。——なあ」

洋子も、顔は青ざめ、震えてはいるが、そこは母親の強さである。若い男から目をそらさずに、ずっと見返していた。

「そのかわり、お前もでかい声を出すなよ。いいか」

「――分かってます」

「それなら結構」

若い男は、電話の方へ目をやった。「なあ兄貴、もし電話がなかったら?」

「そんなことはねえさ。もし、万一――失敗ってことになりゃ、この二人を片付けて、すぐにずらかるんだ」

洋子と弘子は、目を見交わした。

「大丈夫よ。――お父さんが、きっと助けてくれる」

洋子は、娘に囁いて、頭を娘の頭にこすりつけた。弘子の方は、恐怖で涙も出ないようだ。

「一時十分か……。何をしてるんだ」

と、中年の男の方が、少し苛立ったように呟いたとき、電話が鳴り出した。

「来た!」

と、若い男が腰を浮かす。

「座ってろ」

中年の男は、受話器へ手をのばし、もう一回鳴るのを待って、取った。「――もしもし。――ああ、こっちは異常なしだ。――そうか! やったのか!」

ホッとしたように、男が笑った。

洋子と弘子は、体をギュッと押し付け合った。――助かった！　救われたのだ。

「――OK。じゃ、三十分したらここを出る。――ああ、分かってる。舌なめずりしてるよ」

と、笑って、若い男の方へウインクして見せる。

「じゃ、後で落ちあおうぜ」

受話器を置くと、男は立ち上がった。

「旦那の協力で、うまく行ったようだ」

「じゃあ……もう私たちに用はないんでしょう。出て行って下さい」

と、洋子は言った。

「すぐにゃだめだ。逃げる時間があるからな。三十分したら、出かける」

男は、若い男の方を見て「三十分、ぼんやりしてるのも能がねえな」

「全くだ」

若い男が、いきなり弘子を抱き上げると、「三十分ありゃ、充分楽しめるぜ」

「いや！　お母さん！」

「やめて！　約束が――」

洋子の喉に、拳銃が突きつけられた。

「騒ぐと二人とも殺すぞ。どっちがいい？——ええ？」

「お母さん……」

弘子の怯えた目が、母親へと向く。

「娘は——許してやって！　私をどうにでも——」

「よせやい。おばさんにゃ興味ないぜ」

と、若い男は笑って、「おい、どうだ？」

と、弘子に言った。

「お前がいやだと言うんなら、お袋さんを殺すぜ。どうする？　大人しく、言うことを聞くか？」

弘子は、血の気の失せた顔で、母親を見て、それから、若い男の方へ目を戻した。

「——お母さんを、殺さない？　本当に？」

と、かすれた声を出す。

「ああ、約束する」

「分かったわ……」

弘子は目を閉じた。

「いい子だ」

若い男は、弘子をかかえ上げて、「じゃ、ちょっとベッドを借りるぜ」

と、言うと、奥の部屋へと入って行った。

「弘子……」

洋子が、がっくりと頭を落とす。

「そう苦しむこともねえさ。生きてりゃ、いいこともあるぜ」

中年の男が、楽しげに言った。――ふと、冷たい風が、背後から吹いて来た。

男は振り向いた。顔を上げた洋子が、目を見開く。

男の顎《あご》を、川井の靴が、力一杯けり上げていた。骨が砕けたようだった。男は、宙にはね上がって、大の字になって落ちた。

「――何だ！」

若い男が飛び出して来る。その顔面に、川井の拳が、怒りが、叩きつけられた。

若い男は顔中血だらけにして、壁まで吹っ飛んで崩れるようにのびてしまった。

「――あなた！」

洋子が叫んだ。「弘子を早く――」

「分かってる！」

川井は、服を脱がされかけた娘をかかえて戻って来た。「——良かった！　間に合ったな」

川井は、急いで二人の縄を解いた。そして、大きな両腕に、妻と娘を、しっかりと抱きしめた。

「あなた……」

「お父さん——きっと助けに来てくれると思ってた！」

弘子が涙声で、しかし笑顔を見せて、言った。

「そうか？」

「そうよ！　だって、私のお父さんだもの！」

弘子が川井に力一杯抱きつく。

「でもあなた——今、電話が——。あなた、お店の方にいたんじゃなかったの？」

「あれは俺じゃないんだ」

と、川井は言った。

「どういうこと？」

「うん……。ともかく、失業することにはなるかもしれん」

「そんなこと、構わないわ」

「そうだ。ともかく、みんな無事だったんだからな」

顎をけられた男が、口から血を出しながら、呻いた。弘子が立って行くと、男のわき腹を思い切りけとばした。男は、ウーン、と唸《うな》って、また気を失った。

「さて、と」

川井は、洋子と弘子の縛られていた縄を手に取った。「この二人を縛り上げてやろう」

「私も手伝う！」

弘子が、張り切って言った。

「――どうだ？」

と、老紳士が、落ちつかない様子で、歩き回りながら訊いた。

「大丈夫。うまく行ってます」

と肯いたのは、ホテルの支配人である。「手入れをすると聞いたときはゾッとしましたが」

「こっちは色々、パイプを持っているんだ。早川一家に負けるもんか」

と、老紳士は笑ったが、しかしその笑いは、却って内心の不安をはっきりと現わしている。

「宝石は手に入れたも同然ですよ。後は、早川一家を、あの罠の中に誘い込むだけで」

「うむ」

老紳士は、時計を見た。「――あと二十分か。全員揃って来るだろうな」

「間違いありません。あの一家は結束が固いですからね。見殺しにゃしませんよ」

「あの二人の女を連れて来い」

と、老紳士が言った。「いつでも使えるようにしておこう」

「かしこまりました」

支配人は、部屋のドアを開けると、廊下に立っている部下へ、「おい、二人を連れて来い。――いや、俺が行こう」

思い直して、自分で廊下を歩いて行った。

岐子とリル子を監禁している部屋の前に来ると、マスターキーをポケットから出して、鍵穴へと入れる。

「――おかしいな」

開かないのだ。そんなはずはない。支配人のマスターキーなのに……。

いくらやっても開かない。こんなことがあるか！――支配人が焦って来た。

「畜生……。おい、ちょっと来い」

と、部下を呼ぶ。

「どうしました？」

「ドアが開かないんだ。ぶち破れ」

「わかりました」

頑丈そうな男である。少し下がって、勢いをつけて、ドアにぶつかる。

ガン、と音がして、ドアが開いた。——中は真っ暗だ。

「おい。一体何をしてるんだ？」

支配人は、部屋の中へ踏みこんで、明かりのスイッチへ手をのばした。

次の瞬間、電流が支配人の体を貫いて走った。

ワーッと叫び声を上げ、目を飛び出しそうなほど見開いて、支配人は棒立ちになる。同時に、ホテル中の明かりが一斉に消えた。

「——どうした！」

老紳士の叫び声が廊下の闇の中を響きわたる。「明かりだ！　明かりをつけろ！」

しかし、ともかくこういうホテルである。窓というものが全くないから、完全な闇になってしまう。

「何をしてる！——誰か明かりを持って来い！」

老紳士が苛々《いらいら》と怒鳴った。

廊下の暗がりの中に、光が見えた。誰かが、懐中電灯を持って来たのだ。

「早く持って来い！　ぐずぐずするな！」

と、老紳士は「紳士」らしからぬ声を出した。

その光は、しかし、一向に急ぐ様子もなく、廊下をゆっくりと進んで来た。

「——何をやってる！　自家発電の装置もあるだろうが！」

と、老紳士はブツクサ言っていた。

光は近付いて来ると、老紳士の顔へと真っ直ぐに向いた。

「おい！　わしに向ける奴があるか！」

と、老紳士は顔をしかめて、怒鳴った。

「やはり、あなたでしたね」

光の向こうから、聞こえて来たのは、女の声だった。

老紳士が、愕然《がくぜん》としたように、動かなくなった。

「——誰だ！」

老紳士の声は、震えていた。

「まさか……」

「私ですよ」

と、早川香代子は言った。

「生きていたんですね、安東さん」

「お前は……」

「殺されたのは、あなたの身代わりだった。長く会っていなかったし、刑務所暮らしで、様子が少しぐらい変わっていても、分からない。——よく似た老人を見付けたものですね」

「知っていたのか」

と、老紳士が言った。

「あのときは騙されましたよ。自分のことを密告した人間がいるとか、前もって電話して来たり。いかにもそれらしくなっていましたからね」

「貴様……」

「それにしても、あなたも堕落《だらく》しましたね、安東さん。早川家を相手にするなら、堂々とやっていただきたかったわ。何の罪もない岐子さんを誘拐したり、宝石店の盗難の罪をこっちへなすりつけようとしたり」

老紳士——安東の顔から血の気がひいて行った。

「そこまで知っていたのか」

「ええ。あのガードマンは私の部下と入れかわってるんです。ガードマンの奥さんと娘さんも無事だったようですよ」

「――畜生！」

安東は、声を震わせた。

「あなたは、また刑務所へ戻りたくないでしょう」

コトン、と安東の足下に音がした。丸い光が足の方へ落ちると、小型の拳銃が、光った。

「それで、自分の始末をつけてください。お分かりですね」

と、香代子は言った。

やがて、安東が笑い出す。――その声は、暗がりの中へと広がっていった。

「負けたよ」

と、安東は言った。「早川家を、少し見くびっていたようだな」

「いいえ」

と、香代子は言った。「運が良かっただけですよ。ただ、運が悪かったからといって、他人のせいにしてはいけません。安東さん。あなたは、そこを間違えたんですよ」

「なるほどね」

安東は、かがみ込んで、拳銃を拾った。「これが君の最後の情ってわけだ」

「自首されるのなら、それでもかまいませんわ」

「いや、これできれいにかたをつけよう」

と、安東は拳銃を握ると、「ただ――」

「何か言い遺《のこ》すことでも？」

「うん。――わしは一人じゃ死なん」

安東は、光の方へ銃口を向けた。「道連れになってもらおうか」

引き金を引く。――銃声が、闇の中に轟《とどろ》きわたった。

「みんな、どこに行ったんだ！」

と、正実が喚《わめ》いている。「もう五分しかないじゃないか！」

岐子たちを誘拐した犯人が言って来た通り、早川家全員が、揃ってやって来たのだが、まだ時間の余裕があるというので、少し手前で待機していた。その内、母親の香代子、克巳、美香……。要するに、圭介と正実の二人以外は、いつの間にかいなくなってしまったのである。

「圭介兄さん！　これは一体どういうことなんだ？」

「俺だって知らないよ」

「そんなに落ちついてていいのか？　僕の可愛いリル子と、岐子さんの命がかかってるんだよ！」

何かやっているのだ。――圭介には分かっていた。何か目算があって、母たちは行動しているのだ。

「心配するな」

と、圭介は、正実の肩に手をかけた。「早川家は、みんなで助け合ってやって行くんだ。ちゃんと分かってるさ、みんな」

「うん……。そりゃ僕もそう思うけどね」

正実は肯いた。「でも、あと四分しか――」

「おい、足音だ」

と、圭介が言った。「誰か戻って来たよ」

夜の、閑散とした街路をやって来る人影があった。シルエットになって、よく分からないのだが、どうやら女性二人。一人は、何だか少し歩き方が……。

「――おい」

と圭介が目を見開いた。「あれは――岐子だ！　岐子！」

「あなた！」

と、岐子が手を振った。

圭介が駆け出す。

同時に、もう一人の女性が、こっちへ駆けて来て、圭介とすれ違った。

「正実さん！」

リル子だ。――正実は、夢でも見ているような気持ちで、リル子を抱きしめた。

「リル子！　大事なリル子！――ああ、戻って来た！　大丈夫かい？　けがは？」

「何ともないわ。心配した？」

「当たり前だ！　心配で――ほら、こんなにやせたじゃないか！」

「どこが？」

「どこもかもだ！――もう離さないぞ！」

リル子は、正実と熱烈なキスを交わした。圭介と岐子の方も当然、キスの最中で……。

――ほぼ三分間、キスは続いたが、紙数の都合で、その間のやり取りは省略する。

ともかく、リル子と正実は、この三分の間に、結婚することになり、更に、式場、ハネムーンの行き先、子供の数まで打ち合わせていたのだった――。

「――待たせたな」

と、克巳が美香と一緒にやって来た。

「時間よ。行きましょ」

と言った美香に、正実は、

「見てよ。リル子も岐子さんも戻って来た！」

と、リル子をかかえ上げながら叫んだ。

「あら。――じゃ、行くことないのね、私たち」

「そうらしいな」

と、克巳は真面目くさって肯いた。「向こうも良心が咎めて、二人を釈放したのかもしれないな」

「そうね。人間って、本質的には善良な生きものなのよ」

美香は、そう言って、克巳にウインクして見せた。

「お袋は？」

「いないよ。どこに行ったのかと思ってたんだけど」

克巳の顔から笑みが消えた。――戻っていないのか。すると……。

「兄さん」

美香が、克巳の手を取った。

「――行ってみよう。きっと戻って来る」

「そうね」

克巳は、人気のない街路へ出て立った。

「――おじさま」

リル子が、やって来ていた。「おじさまが本当に殺し屋だったなんて……」

「正実には内緒だぞ」

「分かってるわ。でも、私も早川家の一人になるんだから、これからは隠しごとはしないでね」

克巳はリル子を見て、微笑んだ。

「話が決まったのか？　おめでとう」

「ありがとう。これからは、お義兄さんって呼ぶわ」

「可愛い妹ができて嬉しいよ」

克巳は、リル子の額に軽くキスしてやった。

「──お義母さんは？」

「さあ……。一人で首領と対決しているはずだ」

「まさか、逆に──」

「分からないよ」

と、克巳は首を振った。「しかし、自分で決めたことだ。僕は手出しできない」

「ね、誰か来る！」

街路を足早にやって来る人影があった。

「――これはどうも」

福地が、克巳たちに気付いて言った。

「手引きをしてくれてありがとう」

と、克巳は言った。「おかげで、二人とも取り戻したよ」

「お役に立って、大変嬉しいですよ」

福地は会釈した。

「しかし、どうしてあのホテルだと分かったんだい？」

「私は至って顔の広い人間でして」

と、福地は言った。「あのホテル街には大勢友人がおります」

「お袋は？」

と、克巳は訊いた。

すると、すぐ後ろで、

「何か用なの？」

克巳が振り向くと、そこには香代子が、いつに変わらぬ穏やかな笑顔を見せて、立っていた。

「――よし！　出撃だ！」

と、正実が怒鳴っている。「犯人たちは、まだこの近くにいる！」

パトカーが何台も、けたたましくサイレンを響かせながらやって来た。正実は、その一台へと駆け寄って、怒鳴った。

「おい！　非常警戒だ！」

すると、パトカーから降りた警官が、

「お二人ともご無事で、良かったですね」

「ありがとう。——どうして知ってる？」

と、正実がびっくりして訊き返す。

「電話がありました」

「誰から？」

「知りません。その電話によると、人質は無事に戻った、と——」

「そうだ！　早速、犯人を見付けるべく——」

「犯人たちはホテル〈K〉にいます」

「どうして分かる？」

「電話がありました」

正実は唖然としていたが、

「――よし、行ってみよう！」

「それから、S宝石店の地下の金庫室に、強盗五人が閉じこめられています。一人は店内の電話のわきに倒れてます」

正実は目をパチクリさせて、

「どうしてそんなことが――」

「電話がありまして」

と、警官は言った。

正実は呆然として、

「その電話……他に何か言ったか？」

「ええ。最後に、あなたに伝えてくれと」

「何を？」

「ご結婚おめでとう、と」

正実は卒倒寸前だった。

「乾杯！」

と、グラスを持ち上げて、音頭を取ったのは、やはり母親の香代子だった。

そう。——香代子がいてこそ早川家である。

全員、集まっての昼食。今日は、正実のおごりだった。

いや、実際はリル子という大金持ちのスポンサー（？）がついていたのだが。

「——みんな無事で良かったわ」

と、香代子は食事をしながら言った。「岐子さん、お腹の赤ちゃんには、さわらなかった？」

「ええ、お義母さん」

と、岐子は微笑んで、「だって、必ず助けられるって信じてましたもの。全然不安なんかありませんでした。却って、何も家事をしなかったから、太ったみたい」

みんなが大笑いした。——圭介は、そっと岐子の手を握った。

不安でなかったはずはない。しかし、

「どこかへ越そう」

と言った圭介に、

「絶対いや」と首を振ったのは、岐子自身だったのだ。

「何があっても、私は、お義母さんや、早川家の人たちが大好きなのよ」

岐子は、力強く、そう言い切ったのだった。

「――みんな無事に加えて、一人、早川家のメンバーがふえるのね」

と、美香が、リル子を見て言った。「正実、大事にしないと逃げられるわよ」

「大丈夫だよ、姉さん。何しろ僕の仕事は追いかけることだからね」

正実にしては気のきいたセリフだった。

「私……本当に幸せです」

と、リル子が頰を紅潮させている。「早川家の一人に加えていただけて。――よろしくお願いします」

頼むから、殺し屋や詐欺師にならないでくれよ、と圭介は心の中で祈った。

「だけど、不思議だよ」

と、正実が言った。「強盗たちは捕まって、それでいて、宝石が盗まれちまうなんて」

「ま、保険がかかってるから、店の方は損しないんだろ」

と、圭介が言った。

もちろん、香代子と福地が組んでやったことである。

閉店間際にS宝石店にいた、太った紳士は、小判丈吉と、そのお腹の所にしがみついていた土方だったのだ。それをコートで隠し、トイレの中で土方が外へ出る。

後は、大きな風船をふくらまし、それにコートを着て、丈吉は店を出たのだった。

土方が店に残っていたのだから、後はどうとでもなる。

丈吉が川井と入れかわり、安東の手下たちを、金庫室へ閉じこめてしまったのだ。

「あの川井っていうガードマン、クビになったんだね」

と、正実は言った。「何か知ってるはずだけど、口を割らないんだ」

「そう。何か事情があるのよ」

と、香代子が肯く。

川井が、香代子の口ききで、Sホテルのレストランに雇われることになったのを、もちろん正実は知らない。

「死んだ安東。――あれも妙だったな」

と、正実は首をかしげる。「あんな銃口と反対の方に弾丸の出る拳銃で自殺するなんて……。自殺だったのかな、本当に」

「仕掛けのある拳銃だってことを、うっかり忘れてたのかもしれないわ」

と、美香が言った。

――香代子は、ホッとすると同時に、一抹の寂しさを覚えた。

もし安東が、潔《いさぎよ》く自分のこめかみに銃口を当てて引き金を引いたのなら、命を助けるつもりでいたのだ。

しかし、安東は香代子を殺そうとして、本当に自分を撃ってしまった……。

昔ながらの泥棒の仁義はどこへ行ってしまったのか……。

ともかく、すべては安東が早川家を滅ぼそうとして仕組んだ計画だったわけだ。それでいて、一人も命を落とさずにすんだ。

やっぱり、日ごろの行ないがいいからね、と香代子は肯いて、一家を見回した。

「あら、克巳は？」

――いつの間にか、克巳の姿が見えなくなっていたのだ。

上坂育子は、きれいに片付いた引出しの中を見て、

「もういいかしら……」

と呟いた。

ガス代、電気代も払った。――何もかも、きちんと始末はつけたのだ。

「後は、私だけだわ」

と、育子は言って、居間へ入って行く。

自分のせいで和代を死なせてしまった。その罪は、自分の命で償《つぐな》うしかない。

よく切れる包丁が、目の前にあった。これで手首の血管を切れば……。

少し汚れるけど、仕方ない。それくらいは我慢してもらわなくちゃ。

「和代」

と、包丁を取り上げて、呟く。「待っててね」

「お菓子でもできるのかな？」

と、声がした。

ハッと顔を上げると、克巳が、和代を連れて、立っている。

「和代……。和代！」

「ママ！」

和代が、駆けて来る、育子は、我が子の存在を確かめるように、和代の体中に、涙で濡れた顔を押しつけた。

「——いや、悪かった」

と、克巳が頭をかいて、「まさかこの子があんたの子だと思わなくてね。小松の奴が、やっと意識を取り戻したんで分かったんだ。妹がかくまっていたんだよ。——まあ勘弁してくれ」

「そんな……。ありがとうございました！」

育子は、床に頭をこすりつけるようにして、言った。

「やめてくれ。そういうのは苦手だ」

克巳は、柄にもなく、照れた。「ところで――旦那は？」

「夫は……出て行きました」

「そうか」

「話をしました。あの人にも、女がいたんです。別れることになると思いますわ」

「じゃ、その子が戻っても、だめなのか。――悪いことをしたかな」

「いいえ、とんでもない。私が馬鹿だったんですわ」

と、育子は言った。「市村さんという方は？」

「うん。治ったら、遠くへ行くそうだ。都会じゃ誘惑が多いからな」

「そうですか……」

育子は、穏やかに微笑んだ。

「――ママ、お腹空いたよ」

と、和代が言った。

「あら、そう。――困ったわ、冷蔵庫を空にしちゃった」

「じゃ、お詫びのしるしだ。どこかで食事をごちそうしよう」

と、克巳は言った。

「ワーイ！」

と、和代が飛び上がって、「ねえ、ママ」

「なあに？」

「そのブラウス、そのスカートに合わないよ。センスが悪いんだよ、ママは」

「あら。ごめんなさい」

克巳が笑い出した。――それは殺し屋の冷ややかな笑いではなく、心から愉しげな、「早川家の笑い」だった。

解説

似鳥《にたどり》　鶏《けい》
（小説家）

子供部屋は何歳から必要でしょうか。そもそも必要ないのでしょうか。

現代では、この話題はほぼ決着がついてしまっています。小学校低学年でも二割以上、高校生では八割近くが「自分だけの部屋」を持っていますし、きょうだいと一緒の部屋、というケースも合わせれば、高校生では九割五分が子供部屋を持っています。また、現在子供部屋を用意していない、という親も、七割程度は「将来的に作るつもり」と答えています。

ですが、昭和の日本では、これは当たり前ではありませんでした。「子供部屋」という存在は高度成長期の核家族化、サラリーマン化、集合住宅化に伴って増え、一九七〇年代にはすでに普及率が七割を超えていましたが、一九八〇年代になると「子供部屋批判」が巻き起こります。少年犯罪の増加や引きこもり等の社会問題化を受け、家族のコミュニケーションの希薄化が問題視され、「部屋なんか与えるからだ」という無理めの主張が流行っていたのです。

一方、いわばその「反対側」から、「プライバシー」という言葉も主張され始めていました。この言葉自体はもっと昔からありましたが、一般化し現在と同じ意味で定着したのもこの頃あたりからでしょうか。「家族といえどもプライバシーは大事」という考え方と「現代は家族関係が希薄になった」という嘆きがぶつかりあい、それを象徴するように、「家族なのに家の外で何をしているかさえ知らない」という状況が取り沙汰されました。

早川《はやかわ》家シリーズ第一作『ひまつぶしの殺人』と本作『やり過ごした殺人』が上梓《じょうし》された一九七〇年代後半から一九八〇年代には、そういう時代背景がありました。つまり本シリーズで大暴れする早川家は、「家族なのに家の外で何をしているかさえ知らない」という「（当時における）現代の家族像」の究極形なのです。長男は殺し屋、長女は詐欺師、次男は弁護士で三男は警察官。母親は大泥棒で……という早川家のぶっ飛んだ設定は「『家の外で何をしているか知らない』というなら、こういう可能性もあるよね？」という、ある種のブラックジョークです。いくらなんでもそれは、と思うところですが、「小説家」という単語は「あまのじゃく」とほぼ同義です。

普通にやれば単なる出オチとして終わりそうな早川家ですが、そこはご存じ赤川次郎《あかがわじろう》です。早川家はシリーズ化して活躍を続けていくだけでなく、読んでいる最中、読者はこの風変わりな家族を普通に受け入れ、親近感を覚えるでしょう。冷静になって考えると絶対ありえない設定なのに、いつの間にか馴染んで、突飛を突飛と感じなくなってしまう。これが業界内で「あれは魔法」「真似しようとするな」と言われる作家・赤川次郎の放つ第一の魔法です。

魔法は魔法だから魔法なのであって、魔法の原理を解きほぐすのは容易なことではありませんが、あえて分析すれば、ありえない状況を読者に受け入れさせてしまう赤川マジックの原動力の一つは「人間描写のリアリティ」にあると言えます。シリーズ第一作で描かれる朝食のシーンなどはどこにでもある家族の日常のやりとりですし（その後に皆、詐欺や殺人に出かけるのですが……）、本作で「ただ――子供たちがね」と気にかける母・香代子《かよこ》の心情などは、思わず「そうよねえ」と相槌《あいづち》を打ってしまいそうな、どこにでもいる「社会人の子供を持つ母親」です。本作冒頭の長男・克巳《かつみ》にしてからが「映画館で、ガラ空きなのに指定席を買った時に気恥ずかしい」という庶民ぶりです。作家・赤川次郎はこうした日常感覚の描写がうまく、読みながらつい共感の笑いが漏れる。これがぶっ飛んだ設定なのに「意外とうちのお隣さんがそうかも」と思わせる早川家のリアリティにつながります。

そしてもう一つ、赤川次郎作品に通底するリアリティとして、「危機に瀕《ひん》した人間が、意外とのんびりしている」ことが挙げられます。

赤川次郎作品には（とりわけ女性に）度胸の据《す》わった人がたくさん登場しますが、はたから見れば非常事態の緊急事態なのに、本人はけっこう平静でのんびりしている、ということがよくあります。本作では妊娠中に拉致《らち》された早川岐子《みちこ》が「私のことは心配しないで。自分の面倒ぐらいみられるわ」とあっけらかんとしていたり、拉致された上坂和代《うえさかかずよ》を保護した河野恭子《こうのきょうこ》がしっかり自分の分までチャーハンとギョーザを注文するとか、みんな状況のわりに落ち着いているというか、「日常」が抜けていません。そしてこれは、現実の人間もけっこうそうだったりします。現実の人間はいきなり死体を見つけた時、悲鳴をあげて失神したりはしないものです。ひと昔前、ハイジャックされた飛行機の乗客たちがわりとみんな気楽にスマホを構えて記念撮影や実況をしていて周囲を驚かせたことがありますが、我々はたとえば買い物帰り、空から来た未確認飛行物体にさらわれて空中に上がっていく最中でも「生もの買ってるんだけど悪くなっちゃうな……」みたいなことを考えているのではないでしょうか。

そしてこのリアリズムは、「よく考えると陰惨《いんさん》な話なのに暗くならず、読後感もよい」という赤川次郎第二の、同業者から見れば最大の魔法を支えています。よく考えてみれば本作、「妊婦の拉致」「子供の拉致」「それを利用して犯人が母親の体を要求する」という、ヤクザ映画並みの陰惨な犯罪が繰《く》り広げられているのですが、読み心地の快適さと読後感からは、とてもそんな事件が起こったとは思えません。

もちろん陰惨な事件でも、軽く描けばいくらでも軽くはできます。ですが、そうすると今度は「人の命が軽い」という、商業小説にとっては致命的な「倫理的欠陥」がでてきてしまうのです。でも、赤川次郎作品はそうではない。悲劇は悲劇として、悪は悪としてきちんと認識され、重く辛い部分も描かれながら、なお読後感がよいのです。これは本当に魔法です。

この魔法の正体は何なのでしょうか。それを考えた時に浮かんでくるのが、本作二九二頁で拉致された上坂育子《いくこ》の台詞《セリフ》です。作中、彼女は絶体絶命の状況の中、切り捨てられようとしている敵の悪党をかばいます。「私は一体どうしてしまったんだろう?」と自問しながらも「いいえ。私、どきません」と譲らない彼女。ここで描かれるのは「人間として、絶対に越えてはならない一線」です。どんな悪党でも、どんなに酷い犯罪が渦巻く世界でも、絶対に越えてはいけない「人間性」の最終ライン。上坂育子がこの一線を守り通すことで、作品の背後に存在する強固な倫理観が示され、作品はただ軽いだけのエンターテイメントではなくなります。

間賛歌。

「悪はいけない」「正義をなすべきだ」という、あまりに当たり前の、しかし光り輝く人

魔法の正体は案外、そんな当たり前の正義感なのかもしれません。

と、いうところで終われば美しいのですが、実のところ前の一行はきれいにまとめるための方便というか、おためごかしというか、活躍したアスリートがインタビューで「支えとなっていたものは？」と訊かれて「家族です」と答えるのと同様の「メディア向け回答」みたいなやつです。そもそも同業者をして「魔法」と言わしめる超一流作家・赤川次郎の技が、そんな誰でも分かるような、はっきりとは言いにくいけど当たり前の心がけ一つで可能になるはずがないです。だったらみんなやっています。プロですから。確かに前述の正義は魔法の成立に絶対不可欠な柱の一つではあるでしょうが、他の柱や梁《はり》や床板やウッドデッキやアイランドキッチンは、膨大なインプットと試行錯誤に基づく技術と知見とセンスです。それはたとえば構成の妙です。複数の視点人物を切り替えながらストーリーを進める構成にすることで、一方で陰惨な事件が起きていても、別の人物のもとでは気の抜けた日常があり、適宜そちらに戻すことで読者の緊張を解く「抜き」の演出にする。ただしこれを成立させるには、そもそもそれをしてよいような「非常事態でもどこか抜け

た雰囲気」が成立していなければなりません。それを支えているのが、具体的な描写を省いて重さを消し、それでいて分かりやすい文体です。これが実は難しく、普通、赤川次郎作品レベルで文章を削ぎ落とすと、「何が起こっているのか」「誰が発言しているのか」が分からなくなるのはもとより、作中の時間経過が実感しにくくなってリアルタイム感（＝切迫感・切実感）がなくなりがちです。この匙《さじ》加減は本当に難しいのですが、作家・赤川次郎はさらりとリストを弾きこなすピアニストのごとく、この難しい匙加減をやってのけます。もちろん描写の濃淡だけで魔法の雰囲気ができるわけではなく、赤川次郎作品の文章は親近感やリアリティがありながらよく見ると現実から遊離しているマジックリアリズム的なところもあり、読者に独特の浮遊感を与えます。実は、

「何の指揮ですか？」

「（中略）誰もおまえにオーケストラが指揮できるとは思わん。」

（『ひまつぶしの殺人』）


恋をしたら、「恋愛中」のプラカードでもかついでいるような顔になるに違いない。

（本作）

のような、言葉遊びの異化効果を含む赤川節のユーモアもそれを助けています。この浮遊感によって読者は「冷静に起こっていることを認識」し、「登場人物に感情移入」しながら、なおかつ「深刻にとらえすぎてダメージを受けることなく」読み進めることができるのです。まだまだあるのですが、要するにそういうわけです。赤川次郎の魔法とは、超一流のプロの仕事とはそういうものです。さっきの段落できれいに終わればみんな幸せだったのですがこうなりました。なんでこんな蛇足《だそく》を、と思わないでもないですが、小説家の仕事というのはむしろ足のついた蛇をまことしやかに語ることですし、そもそも前述の通り、小説家はあまのじゃくなので。

一九八七年四月　カッパ・ノベルス（光文社）刊
一九九〇年四月　光文社文庫刊

光文社文庫

長編推理小説

やり過《す》ごした殺人《さつじん》　新装版

著　者　赤《あか》　川《がわ》　次《じ》　郎《ろう》

2022年４月20日　初版１刷発行

発行者　鈴　木　広　和

印　刷　堀　内　印　刷

製　本　フォーネット社

発行所　株式会社　光　文　社

〒112-8011　東京都文京区音羽1-16-6

電話（03）5395-8149　編　集　部

8116　書籍販売部

8125　業　務　部

落丁本・乱丁本は業務部にご連絡くだされば、お取替えいたします。

ISBN978-4-334-79345-6　Printed in Japan

組版　萩原印刷

赤川次郎ファン・クラブ

三毛猫ホームズと仲間たち

入会のご案内

会員特典

★会誌「三毛猫ホームズの事件簿」(年４回発行)
会誌の内容は、会員だけが読めるショートショート(肉筆原稿を掲載)、赤川先生の近況報告、先生への質問コーナーなど盛りだくさん。

★ファンの集いを開催
毎年夏、ファンの集いを開催。賞品が当たるクイズ・コーナー、サイン会など、先生と直接お話しできる数少ない機会です。

★「赤川次郎全作品リスト」
600冊を超える著作を検索できる目録を毎年５月に更新。ファン必携のリストです。

ご入会希望の方は、必ず封書で、〒、住所、氏名を明記の上、84円切手１枚を同封し、下記までお送りください。(個人情報は、規定により本来の目的以外に使用せず大切に扱わせていただきます)

〒112-8011
東京都文京区音羽 1-16-6
(株)光文社　文庫編集部内
「赤川次郎Ｆ・Ｃに入りたい」係

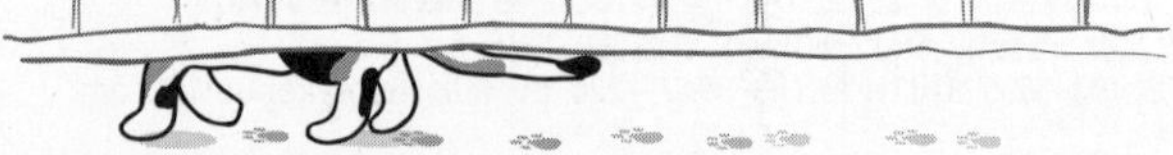

光文社文庫最新刊

Jミステリー2022 SPRING	光文社文庫編集部・編
流離 決定版 吉原裏同心 (1)	佐伯泰英
足抜《あしぬき》 決定版 吉原裏同心 (2)	佐伯泰英
刀と算盤《そろばん》 馬律流青春雙六	谷津矢車
天命 毛利元就武略十番勝負	岩井三四二《みよじ》
継承 鬼役 ㊂	坂岡 真